ein Ullstein Buch

Ullstein Buch Nr. 20266
im Verlag Ullstein GmbH,
Frankfurt/M – Berlin – Wien

Ungekürzte Ausgabe

Englischer Originaltitel
The Undying Fire
Berechtigte Übersetzung ins Deutsche:
Franziska Reiter

Umschlagentwurf: Hildegard Morian
Umschlagillustration:
Theodor Bayer-Eynck

Printed in Germany 1985
Druck und Verarbeitung:
Ebner Ulm
ISBN 3 548 20266 7

April 1985

CIP-Kurztitelaufnahme der
Deutschen Bibliothek

Wells, Herbert G.:
Unsterbliches Feuer: Roman / H. G. Wells.
[Berecht. Übers. ins Dt.: Franziska
Reiter]. – Ungekürzte Ausg. – Frank-
furt/M; Berlin; Wien: Ullstein, 1985.
(Ullstein-Buch; Nr. 20266)
Einheitssacht.: The undying fire <dt.>
ISBN 3-548-20266-7
NE: GT

H. G. Wells

Unsterbliches Feuer

Roman

ein Ullstein Buch

Unsterbliches Feuer

1

Prolog im Himmel

1

Zwei ewige Wesen, in herrlichem Glorienschein, das eine in einem blendenden Übermaß von gleißender Helligkeit, das andere in einer verwirrenden Flut von Farben, unterhalten sich in einer wunderbaren Umgebung. Diese Umgebung ist traditionellerweise ein Palast, doch sind Bezüge zum Kosmischen deutlich spürbar. Man kann sie nirgends orten; die Wesen befinden sich über dem greifbaren Universum und schließen es gleichzeitig in sich ein.

Die Szene wirkt ungefähr so, als hätte ein Futurist mit beträchtlicher Kenntnis moderner chemischer physikalischer Ideen und obskuren theologischem Animus die Zeichnung eines Präraffaeliten nachgeahmt. Die riesigen Pfeiler verlieren sich in unergründlicher Dunkelheit, die komplizierten Kurven und Windungen scheinen durch die Flugbahn von Elementarteilchen entstanden zu sein. Sonnen und Planeten drehen sich funkelnd durch die Tiefen eines kristallnen Äthers. Große, Schwingen tragende Wesen, aus den schimmernden Farben des Regenbogens geschaffen, halten Weltkugeln, Sterne, Gesetzesrollen, flammende Schwerter und ähnliche Symbole in Händen und bilden das Gefolge. Die Stimmen von Cherubim und Seraphim erschallen unaufhörlich: „Heilig, heilig, heilig."

Wie in der alten Geschichte, befinden wir uns auf dem Empfang der Söhne Gottes.

Der Herr der Versammlung, dem man verständlicherweise allerhöchste Langeweile zugestehen könnte, da ja notwendigerweise alles, was geschehen kann, ihm schon bekannt ist, bringt, ganz im Gegenteil, seinem Gesprächspartner ein so lebhaftes Interesse entgegen wie eh und je. Dieser Gesprächspartner ist natürlich Satan, der Unerwartete.

Der Gegensatz zwischen diesen beiden ewigen Wesen ist sehr ausgeprägt; während die Gottheit, verschleiert und vom Licht fast verborgen, Haare wie Wolle und Augen vom Blau des unendlichen Raums, den Eindruck ruhiger, distanzierter, unendlicher Größe vermittelt, verharrt Satan in der gespannten Wachsamkeit des ewig Irrenden; er ist so wirklich wie eine Reisetasche, in ihm spürt man ein Vorwärtsdrängen, ja fast Hast inmitten der sonst so großen Ruhe von erhabener Vollendung. Selbst sein Nimbus wirkt vom Reisen abgenützt. Er ist weit auf Erden herumgekommen, hat sie in alle Richtungen durchwandert; die Zeichen sind noch an ihm. Seine Stellung im Himmel ist so ungeklärt wie zu Zeiten Jobs; es hat sich bis zum heutigen Tage nicht herausgestellt, ob er als einer der Söhne Gottes oder als ein unerklärlicher Eindringling in ihrer Mitte betrachtet werden muß. (Aber dieses Thema wird im Biblischen Lexikon unter dem Stichwort Satan behandelt.) Gleichgültig, wessen Ursprungs er ist, es besteht kaum Zweifel über seine wachsende Unabhängigkeit und Bedeutung in der göttlichen Präsenz. Seine Freiheit mag gebilligt oder angeboren sein, aber er selbst zweifelt nicht im geringsten an der Sicherheit seiner Selbstständigkeit. Er glaubt, daß er ein notwendiges Anhängsel Gottes ist und daß seine Unberechenbarkeit ein nicht mehr fortzudenkendes Gegenstück zur ewigen Zustimmung der Erzengel darstellt. Er versäumt keines dieser Treffen. Wenn Gott durch gelassene Unumgänglichkeit allgegenwärtig ist, so ist Satan überall aufgrund seines grenzenlosen Tatendrangs. Die beiden führen ein nie endendes Gespräch über unterschiedliche metaphysische Ansichten, in das Satan einen harmlosen spielerischen Unterton eingeführt hat. Sie spielen miteinander Schach.

Das Schach aber, das sie spielen, ist nicht das unbedeutende, geniale Spiel, das in Indien erfunden wurde; sie spielen es in ganz anderen Dimensionen. Der Herrscher des Universums erschafft das Schachbrett, die Figuren und die Regeln; er führt alle Züge aus; er kann so, wie er will und wann er will, ziehen. Seinem Gegner hingegen steht es frei, in jeden Zug eine kleine unerklärbare Ungenauigkeit hineinzutragen, die weitere, korrigierende Züge mit sich bringt. Der Schöpfer bestimmt und verbirgt das Ziel des Spieles, und es ist niemals klar, ob die Absicht seines Gegners darin liegt, ihn zu besiegen oder ihn in seinem unfaßbaren Plan zu unterstützen. Anscheinend kann der Gegner nicht verlieren, er kann aber auch nicht gewinnen, solange er es zustande bringt, das Spiel nicht enden zu lassen. Aber er ist daran interessiert, so scheint es, die Entwicklung jedes wohldurchdachten Plans in dem Spiel zu verhindern.

2

Das himmlische Spiel ist gleichzeitig zu hoch und zu weit, als daß es von irdischem Verstand erfaßt und in irdischer Schrift leicht wiedergegeben werden könnte. Das satanische Element des Unerwarteten kann die ganze Sphäre des Seins mit Lachen erfüllen; die Erregung, welche sich aus dem riesigen Widerhall ergibt, überrascht unser armes Gemüt in den sonderbarsten Augenblicken. Der Humor Satans besteht darin, dem Herrn sein eigenes Recht als Einzigartiger aufzudrängen und zu versuchen, ihm die Urheberschaft des Lebens zu entreißen. (Aber diese Späße quälen die Engel.)

„Ich allein schaffe."

„Aber ich – ich bringe die Dinge zum Gären."

„Ich habe die Materie und alle andern Dinge erschaffen."

„Sie sind unbewegt wie die Oberfläche des Wassers, wenn ich sie nicht aufwirble."

„Du bist bloß jener kleine Unterschied, der die einzelnen Menschen voneinander unterscheidet. Du bist die kleine Einzigartigkeit in jedem Menschen und in jedem Ding, das Einzigartige, welches das Gesetz durchbricht, eine Randerscheinung persönlicher Eigenart."

„Sire, Ihr seid das Einzigartige, die Einzigartigkeit des Ganzen."

Der Himmlische lächelte, und auf den Planeten gab es schöne und glückliche Tage. „Am Ende werde ich dich doch zum Durchschnitt machen, und du wirst verschwinden."

„Dann wird alles enden."

„Wird alles vollendet sein."

„Ohne mich!"

„Du zerstörst die Ebenmäßigkeit meines Universums."

„Ich gebe ihm Leben."

„Das Leben kommt von mir."

„Nein, Sire, das Leben kommt von mir."

Einer der großen Schatten aus dem Gefolge trat hervor und wurde Michael mit dem Schwert.

„Er lästert, o Herr. Soll ich ihn vertreiben?"

„Aber das hast du schon vor einiger Zeit getan", gab der Satan zurück, wobei er nachlässig über die Schulter sprach und den Sprecher nicht einmal ansah. „Du tust es immer wieder. Und – ich bin hier."

„Er kehrt zurück", sagte der Herr beschwichtigend. „Vielleicht veranlasse ich ihn, daß er wiederkehrt. Was wären wir ohne ihn?"

„Ohne mich würden Zeit und Raum in kristallner Vollkommenheit erstarren“, sagte Satan, und sein Lächeln verursachte das Ansteigen der Verbrechensstatistiken auf einer Myriade von Planeten. „Ich bin es, der das Wasser in Bewegung setzt. Ich setze alle Dinge in Bewegung. Ich bin der Geist des Lebens.“

„Aber die Seele“, sagte Gott.

Als Antwort hob Satan, der den Arm über die Rückenlehne seines Thrones gelegt hatte und Michael gegenübersaß, die Augenbrauen. Dieses Gerede von der Seele betrachtete er als göttliche Schwäche. Von einer Seele wußte er nichts.

„Ich habe den Menschen nach meinem Ebenbild erschaffen“, sagte Gott.

„Und ich habe ihn zu einem Menschen der Welt gemacht. Ohne mich wäre er heute noch immer ein nutzloser Gärtner – der vorgibt, einen Garten ohne Unkraut zu pflegen, einen Garten, in dem alles in Ordnung ist, weil es unmöglich wäre, daß Unordnung entsteht – in den endlosen Sommern, welche den Gesegneten vorbehalten sind. Denkt einmal daran, Ihr Throne und Mächte! Vollendete Blumen! Vollendete Früchte! Niemals der Frost des Herbstes! Niemals ein verwelktes Blatt! Goldene Leoparden, edle Löwen, Raubtiere ohne Sinn und Zweck, welche im Kreis der herumhüpfenden, nie älter werdenden Lämmer um seine Liebkosungen betteln! Guter Gott! Wie langweilig wäre ihm gewesen! Wie entsetzlich langweilig! Und habe ich ihm nicht statt dessen zu den herrlichsten Abenteuern verholfen? Ich war es, der ihm seine Geschichte gegeben hat. Bis zur äußersten Grenze seiner Möglichkeiten. Bis zur äußersten Grenze . . . Und hast du, o Herr, es nicht gutgeheißen, da du deine Engel mit den flammenden Schwertern gesandt hast?"

Gott gab keine Antwort.

„Aber das erinnert mich", sagte Satan ungerührt.

3

Die großen geflügelten Wesen rückten näher, denn Satan ist der Märchenerzähler des Himmels. Er allein erfindet Geschichten.

„Es gab einen Mann im Lande Uz, der Job hieß."

„Wir erinnern uns an ihn."

„Wir haben einmal eine Wette abgeschlossen", sagte der Satan. „Es ist schon ziemlich lange her."

„Die Wette war nie sehr klar – und jetzt, wo du mich daran erinnerst, fällt mir ein, daß es keinen Nachweis gibt, daß du bezahlt hast."

„Habe ich verloren oder gewonnen? Der Ausgang wurde in der Diskussion nie klargestellt. Wie diese Männer gesprochen haben! Ihr habt Euch eingeschaltet. Es gab keine Entscheidung."

„Du hast verloren, Satan", sagte ein großes Lichtwesen, das ein Buch in Händen hielt. „Die Wette ging darum, ob Job den Glauben an Gott verlieren und ihn verfluchen würde. Er war in jeder Hinsicht geschlagen, vor allem durch die Reden seiner Freunde. Aber im Menschen bleibt ein unsterbliches Feuer zurück."

Satan stützte sein dunkles Gesicht in die Hand und blickte zwischen seinen Knien durch den durchsichtigen Boden auf den kleinen Wirbel im Äther, der unsere Welt darstellt. „Job", sagte er, „lebt noch."

Und nach einer Pause: „Die ganze Erde ist heute – Job."

Es gefällt Satan in gleichem Maß, über Statistik zu sprechen wie die Schrift zu zitieren. Mit einem Ausdruck ruhiger Genugtuung lehnte er sich in seinen Stuhl zurück. „Job", sagte er in verbindlichem Erzählton, „wurde sehr alt. Nach seinen unangenehmen Erlebnissen wurde er noch hundertvierzig Jahre alt. Er zeugte wieder sieben Söhne und drei Töchter, und er sah vier Generationen seiner Nachfahren. Soweit die klassische Erzählung. Diese zehn Kinder schenkten ihm siebzig Enkel, welche Wohlstand erwarben und alle große Familien hatten. (Es war ein sehr fruchtbarer Stamm.) Wenn wir nun pro Jahrhundert drei Generationen annehmen, und in Wirklichkeit dürften es noch mehr sein, und wenn wir pro Familie rund drei Überlebende rechnen und derselben Meinung wie der ehrenwerte Bischof Usher sind, daß Job vor fünfunddreißig Jahrhunderten lebte, dann macht das – wieviel? Drei hoch hundertfünfzig? . . . Das ergibt auf jeden Fall eine Zahl, die weit höher ist als die heutige Bevölkerung der Erde ... Ihr habt hier Erdkugeln und Schriftrollen und Schwerter und Sterne; hat auch jemand einen Rechenschieber?"

Aber die Berechnung wurde hinweggewischt.

„Vor meinem Auge sind tausend Jahre wie der gestrige Tag, der vorüber ist. Ich gewähre dir, was du zu beweisen suchst, daß Job zur ganzen Menschheit geworden ist."

4

Der dunkle Blick Satans durchdrang das pulsierende Universum und ließ die rasenden Lichtwellen hinter sich. „Schaut hin", sagte er und wies mit der Hand nach unten. „Mein alter Freund auf seinem kleinen Planten – Adam – Job – der Mensch – wie der Braten auf einem Spieß. Es ist Zeit, daß wir eine neue Wette eingehen."

Gott ließ sich dazu herab, zusammen mit Satan auf die Menschheit zu blicken, die zwischen Tag und Nacht ihre Kreise zog. „Ob er mich verfluchen oder preisen wird?"

„Ob er sich überhaupt noch an Gott erinnert?"

„Ich habe das Versprechen gegeben, Adam wieder herzustellen."

Über das geneigte Antlitz zog ein leises Lächeln.

„Diese Fragen ändern sich von Zeit zu Zeit", sagte Satan.

„Das Ganze bleibt gleich."

„Die Geschichte wird nach beiden Richtungen länger", sagte Satan, als denke er laut. „Vergangenheit und Zukunft entwickeln sich gleichzeitig ... Als sich die ersten Atome aneinanderrieben, war ich dabei, und so war auch die Auseinandersetzung dabei – und der Fortschritt. Die Tage der alten Geschichte haben sich alle auf Hunderte Millionen von Jahren ausgedehnt, und ich bin noch immer in ihnen allen vertreten. Die Haifische, die kriechenden Ungeheuer der frühen Meere, die ersten Wesen, die sich aus dem Wasser in die Dschungel der Farne und Schachtelhalme schleppten, die frühen Reptilien, die springenden, fliegenden Drachen der großen Zeitalter des Lebens, die mächtigen Huf- und Horntiere, die später kamen; sie alle hatten Angst, litten, waren verwirrt. Und endlich kam denn dieser Mensch von dir, heraus aus den Wäldern, behaart, mit niedriger Stirn, blutbefleckt, mit nicht allzu großer Hoffnung nach dem Garten Eden der alten Geschichte suchend. Es gab ihn nicht. Es hat ihn nie gegeben. Er war gefallen, noch bevor er sich erhoben hatte, und das Unkraut und die Dornen sind so alt wie die Blumen. Der Sündenfall geht zurück auf die Zeit vor der Menschheit, vor der Welt, vor jeder Vorstellungskraft. Selbst die Sterne wurden in Sünde geboren ...

Wenn wir es noch Sünde nennen können", philosophierte Satan.

„Auf einem kleinen Planeten entsteht dieses Ding, diese rote Erde, dieser Adam, dieser Edamiter, dieser Job. Er baut Städte, er bestellt das Land, er fängt den Blitz ein und macht ihn zu seinem Sklaven, er verändert die Art von Tier und Korn. Das sind kluge Dinge, aber dennoch unbedeutend. Ihr sagt, daß er auf irgendeine Art endlich zu seinem *jetzigen* Zustand gefunden hat ... Er ist zu dumm und zu schwach. Seine Errungenschaften beleuchten seine Grenzen nur um so heller. Seht Euch nur sein kleines Gehirn an, das in einem knöchernen Schädel gefangen sitzt! Seht Euch das Gefäß seines Körpers voll von Fetzen und Resten an, ein Mischmasch von Krankheiten! Sein Leben ist Verwesung ... *Wächst* er? Ich sehe nichts. Hat er in den letzten zehntausend Jahren irgend etwas dazugewonnen, das ihn besser macht? Er streitet sinnlos und endlos mit sich selbst ... In kurzer Zeit wird sein Planet auskühlen und erfrieren."

„Am Ende wird er über die Sterne herrschen", sagte die Stimme, die über Satan war. „Mein Geist ist in ihm."

Satan beschattete mit der Hand sein Gesicht vor dem gleißenden Licht über ihm. Er blieb eine Zeitlang stumm, beobachtete aber indessen die Menschheit, wie ein kleiner Junge einen Schwarm Elritzen am seichten Ufer eines Flusses beobachtet.

„Nein", sagte er schließlich. „Es ist unglaubwürdig. Es ist unmöglich. Ich habe ihn lange genug gestört und Leiden über ihn gebracht. Ich habe ihn so weit getrieben, soweit man ihn treiben konnte. Jetzt aber erfüllt mich Mitleid. Beenden wir diesen Streit. Es war interessant, aber jetzt – ist es nicht genug? Es wird grausam. Er ist an seinen Grenzen angelangt. Herr, geben wir ihm ein wenig Frieden, ein wenig Freude und Überfluß, und schicken wir ihm dann eine schmerzlose, weltumspannende Seuche und lassen ihn sterben."

„Er ist unsterblich und steht erst am Anfang."

„Er ist sterblich und nahe dem Ende. Es gibt zweifelsohne Augenblicke, in denen es scheint, als würde er diese Welt einmal verstehen und beherrschen; aber es ist nur ein Anschein. Gebt mir die Macht, ihn nur ein wenig zu quälen und niederzudrücken, und nach ein paar Anflügen von Glauben und Hoffnung wird er winseln und zusammenbrechen wie jedes andere Tier. Er wird sich wie seine Artverwandten benehmen, die ein kleineres Hirn und ein größeres Maul haben; auch er ist dazu verdammt, sinnlos zu leiden, nur aus dem Instinkt des Überlebens heraus zu kämpfen, ein Menschenalter durchzuhalten und dann zu sterben . . . Gebt mir nur Macht, und Ihr werdet sehen, wie sein Mut wie eine angefaulte Schnur zerreißt."

„Du darfst alles mit ihm machen, was du willst, nur töten darfst du ihn nicht. Denn mein Geist ist in ihm."

„Den wird er aus eigenem Antrieb fortwerfen – wenn ich einmal seine Hoffnung zerstört, seine Opfer verlacht, seinen Himmel verdüstert und seine Adern mit Qual erfüllt habe . . . Aber es ist zu leicht, das zu tun. Erlaubt, daß ich ihn gleich töte, und beenden wir die Geschichte. Und dann beginnen wir eine neue, eine andere, die unterhaltsamer ist. Stecken wir doch zum Beispiel das Gehirn – und diese Seele, von der Ihr sprecht – in Ameisen oder Bienen oder Biber! Oder nehmen wir den Kraken, der ja schon jetzt ein recht taktvolles und intelligentes Wesen ist!“

„Nein; tu nur, wie ich es gesagt habe, Satan. Denn auch du bist mein Werkzeug. Versuche den Menschen bis aufs Äußerste. Überzeuge dich, ob er wirklich nicht mehr als eine Bewegung im Schleim, ein Regung im Schlamm ist, die nichts bedeutet . . .“

5

Satan, dessen Antlitz im Schatten lag, schien dies nicht zu hören, sondern blieb stumm und beobachtete gespannt die Welt der Menschen.

Und während die braune Gestalt mit dem riesigen Glorienschein, der dem ausgefransten Schwanz eines wilden Pfaus ähnelte, hoch oben über der Welt der Wesen nachdachte, geschah das, was nun folgte, einem Menschen auf der Erde.

2

Im „Seeblick“, Sundering on Sea

1

In einem unbequemen, glattgewetzten, roßhaargepolsterten Lehnstuhl in einer schäbigen Wohnung in Sundering on Sea saß ein Kranker und starrte ausdruckslos aus dem Fenster. Es war ein drückender Tag, unter dem bleiernen Himmel stand die Hitze; außer gelegentlichem, dumpfem Grollen vom Schießplatz in Shorehamstow durchdrang kaum ein Laut die unbewegte Luft. Unzählige Fliegen krochen und surrten unruhig durch den Raum, und hie und da tat ein Kettenhund aus der Nachbarschaft seine Unzufriedenheit kund. Aus dem Fenster blickte man auf einen leeren Bauplatz, eine Wüste aus versengtem Gras und rostigen Metallstücken, umgeben von einem Zaun aus alten Latten und Stacheldraht. Zwischen dem verrotteten Firmenschild eines Bauunternehmens aus den Vorkriegsjahren und der hohen Veranda eines Genesungsheimes, auf der die bewegungslosen blaugekleideten Gestalten zweier mutloser Invaliden in Liegestühlen zu sehen waren, öffnete sich der Seeblick, der den Namen des Hauses rechtfertigte;

hinter einem breiten Moraststreifen, über dem die quälende Hitze flimmerte, senkte sich der stumme Zorn des Himmels und verschwor sich mit der unbeugsamen Gesetzlosigkeit des fernen einsamen Meeres.

Der Mann im Lehnstuhl fegte mit der Hand durch die Luft und sprach. „Ihr verfluchten Geschöpfe!“ sagte er. „Warum nur hat Gott Fliegen erschaffen?“

Nach einer langen Pause seufzte er tief und wiederholte: „*Warum?*“

Eine Zeitlang unternahm er Anstrengungen, eine bequemere Stellung zu erlangen, sank aber schließlich wieder in die frühere düstere Niedergeschlagenheit zurück.

Als gleich darauf seine Zimmerfrau hereinkam, um den Mittagstisch zu decken, verriet nur ein fast unmerkliches Zusammenzucken, daß er das bedrohliche Rascheln und die nachdrücklichen Bewegungen bemerkt hatte. Sie war ganz offenkundig vom Kochen erhitzt, und gleichzeitig mit ihr war auch der Geruch verbrannter Kartoffeln ins Zimmer gedrungen. Sie war eine magere kleine Frau von mürrischem Auftreten, Augengläser zwängten ihre spitze rote Nase ein, und während sie das grauweiße Tischtuch ausbreitete und Messer und Gabeln klirrend auf ihre Plätze fallen ließ, blickte sie ihn düster an, als bedrücke sie seine Unaufmerksamkeit. Zweimal setzte sie zum Sprechen an und unterließ es dann doch, aber dann ertrug sie seine Gleichgültigkeit nicht länger. „’s geht Ihnen noch immer nicht gut, was, Mr. 'Uss?" fragte sie ganz so, als wisse sie die Antwort schon im vorhinein.

Beim Klang ihrer Stimme fuhr er auf und wandte ihr fast mühsam seine Aufmerksamkeit zu, „Verzeihung, Mrs. Croome?"

Heftig wiederholte sie: „Ich hab' Sie gefragt, ob es Ihnen nicht gutgeht, Mr. 'Uss!"

Er sah sie nicht direkt an, als er antwortete, nur aus den Augenwinkeln heraus warf er ihr einen Blick zu. „Nein", sagte er. „Es geht mir nicht gut. Ich bin sicher krank." Sie gab einen Laut unfreundlicher Bestätigung von sich, worauf er sich ihr ruckartig zuwandte. „Mrs. Croome, ich will aber nicht, daß Mrs. Huss davon erfährt. Sie hat schon genug Sorgen. Genug."

„Ein Unglück kommt selten allein", sagte Mrs. Croome mit großer Genugtuung und beugte sich über den Tisch, um einige Körnchen verschütteten Salzes auf den Boden zu fegen. Sie würde wegen Mrs. Huss nichts Voreiliges versprechen.

„Wir müssen alles ertragen, was uns auferlegt ist", sagte Mrs. Croome. „Wir müssen Kraft dort finden, wo Kraft zu finden ist."

Sie richtete sich auf und betrachtete ihn mit gedankenvoller Bosheit. „Alles, was Ihnen fehlt, ist ein Stärkungsmittel. Sie haben sich wohl gehen lassen, das würde mich gar nicht wundern."

Der Kranke begrüßte diesen Ratschlag nicht.

„Wenn Sie zu dem jungen Arzt gleich ums Eck gehen – Barrack heißt er –, kriegt der sie sicher zurecht. Sie sagen alle, daß er viel kann. Nicht, daß ich und Croome an Ärzte glauben. Wir haben's ja auch nicht notwendig. Aber bei Ihnen ist das was anders."

Der Mann im Lehnstuhl hatte sich schon zweimal zu dem jungen Arzt begeben, aber er wollte mit Mrs. Croome nicht gerade jetzt darüber sprechen. „Ich muß mir das überlegen", meinte er ausweichend.

„Schließlich ist es nicht gut, weder für Sie selber noch für die anderen, wenn Sie da so herumkränkeln – es kann ja alles mögliche sein –, ohne daß Sie zum Arzt gehen. Nur Herumsitzen und Nichtstun. Vor allem in Untermietzimmern in dieser Jahreszeit. Es ist – na sagen wir, nicht rücksichtsvoll."

„Sie haben recht", pflichtete ihr Mr. Huss schwach bei.

„Es gibt doch gut eingerichtete Heime und Spitäler."

Der Kranke nickte zustimmend.

„Man sollte die Dinge gleich im Keim ersticken, sonst wachsen sie und machen Schwierigkeiten."

Das war genau das, was ihr Zuhörer auch dachte. Mrs. Croome beugte sich zu dem Getränkefach in der schmalen Anrichte nieder, holte eine Flasche Whisky, eine Flasche Zitronensaft und eine Flasche Sodawasser heraus und stellte alles polternd auf den Tisch. Sie bedachte ihr Werk mit einem prüfenden Blick. „Das Salz", murmelte sie und rauschte aus dem Zimmer, die Tür fiel nach einer Spanne quälenden Kreischens von selbst hinter ihr ins Schloß . . .

Der Kranke hob die Hand an die schweißnasse Stirn. Die Hand zitterte heftig. „Mein Gott!" flüsterte er . . .

2

Der Mann hieß Job Huss. Sein Vater hatte auch Job geheißen, und soweit man den Stammbaum der Familie zurückverfolgen konnte, hatte der älteste Sohn immer Job geheißen. Noch vor vier Wochen hätte man ihn als offensichtlich erfolgreichen und beneidenswerten Menschen eingeschätzt, dann aber war eine Sturzflut des Unheils über ihn hereingebrochen.

Er war Direktor der großen modernen Public School von Woldingstanton in Norfolk gewesen, einer Schule, welche von der Innung der Papiererzeuger der Stadt London wiederaufgebaut worden war, er hatte sich dieser Schule ohne Einschränkung gewidmet und ihr und sich selbst einen großen Namen gemacht. Er war der erste englische Direktor gewesen, der den modernen Unterricht einführte und die unteren Klassen von der Bürde der Meister der Klassik befreite; es war die einzige Schule in England, wo man wirklich Spanisch und Russisch lernen konnte; seine Laboratorien waren die besten, die man in englischen Schulen, ja vielleicht sogar in der ganzen Welt finden konnte, und seine neuen Methoden im Geschichts- und

Politikunterricht hatten einen steten Strom ausländischer Einschreibungen nach Woldingstanton gebracht. Der Hauch des Bösen hatte ihn zum ersten Mal Ende des Sommersemesters erreicht. Eine Masernepidemie war ausgebrochen, und die Nachlässigkeit einer sonst durchaus vertrauenswürdigen Krankenschwester hatte zum Tod zweier Jungen geführt. Am Nachmittag, an dem der zweite Junge gestorben war, kam ein Lehrer bei einer Explosion im Chemiesaal um. Und in der letzten Nacht vor Schulschluß brannte das Gebäude, wobei zwei kleine Jungen den Tod fanden.

Wäre nur eine einzige dieser Katastrophen eingetreten, Mr. Huss und die Schule wären ohne weiteres damit fertig geworden, die rasche Abfolge aber hatte eine verheerende Wirkung. Alles schien sich gegen Mr. Huss verschworen zu haben, diese Ereignisse für ihn ganz besonders schrecklich zu gestalten. Er war der erste gewesen, der dem Chemielehrer zu Hilfe eilte; dieser war zwischen ein paar Säurebehälter gefallen, lebte zwar noch und bewegte sich, war aber bereits erblindet; das Gesicht kaum noch zu erkennen, war er hoffnungslos verstümmelt. Der arme Mensch starb, bevor man ihn noch aus den Trümmern retten konnte. Am Tag des Brandes hatte sich Mr. Huss eine Zerrung zugezogen und den Fuß äußerst schmerzhaft gequetscht, und er selbst hatte den verkohlten Körper eines der Kinder gefunden und aus dem Raum getragen, in dem die Jungen während der Abschlußfeiern beim Spielen eingeschlossen worden waren. Es war nur ein weiterer Grund zum Verzweifeln, daß alle Papiere Mr. Huss' und fast sein ganz persönlicher Besitz mitverbrannt waren.

Am Morgen nach dem Brand beging Mr. Huss' Rechtsanwalt Selbstmord. Er war ein alter Freund gewesen, dem Mr. Huss die uneingeschränkte Kontrolle über seine Ersparnisse anvertraut hatte, die ihm und seiner Frau ein Alter in Ruhe und Würde ermöglichen sollten. Der Rechtsanwalt war ein Mann von fester politischer Überzeugung und liberalen Tendenzen gewesen, der für sich und Mr. Huss Rubel bis zum äußerstmöglichen Betrag gekauft hatte, um damit sein Vertrauen in die russische Revolution zu beweisen.

All diese Ereignisse übten auf Mr. Huss einen zerrüttenden Einfluß aus, auf seine Frau hatten sie eine geradezu verheerende Auswirkung. Sie war eine gute, aber sehr gefühlsbetonte Frau, überschwenglich, ohne innere Festigkeit. Wie die meisten Frauen von Schuldirektoren hatte sie sich während vieler Jahre hauptsächlich mit der Verwaltung der Schule beschäftigt, und ihre erste Reaktion war ein Anfall von äußerster Sparsamkeit gewesen, in den sich eine offen zur Schau getragene Verachtung für die praktischen Fähigkeiten ihres Mannes mischte, was bis dahin noch nie der Fall gewesen war. Für Mr. Huss wäre ein völliger Zusammenbruch ihrerseits weit besser gewesen, sie aber bestand darauf, alles in die Hand zu nehmen, und tat dies mit einer Art von mitleidiger Heftigkeit, die keinen Widerspruch duldete. Es war ausgeschlossen, während der Ferien in Woldingstanton zu bleiben, angesichts der traurigen, verkohlten Ruinen des Schulgebäudes, und so hatte sie sich für Sundering on Sea entschieden, wegen der Nähe und der Vorkriegsreputation, billig zu sein. Dort, verkündete sie, müsse sich ihr Gatte „zusammennehmen und fangen", bevor er sich dann dem Wiederaufbau der Schule und ihrer Rehabilitation widme. Zahlreiche Formalitäten waren noch zu bewältigen, bevor das Gebäude in Angriff genommen werden konnte, denn Großbritannien sah sich mitten im schwersten Krieg, und ohne Sondergenehmigungen und großen persönlichen Einsatz waren weder Arbeitskräfte noch Baumaterial zu bekommen. Nun war Sundering on Sea ein ebenso geeigneter Ort zum Briefeschreiben wie jeder andere, aber Mr. Huss' Idee, nach London zu fahren, um mit einflußreichen Leuten zu sprechen, wurde von Mrs. Huss wegen der hohen Kosten abgelehnt, und als er darauf bestand, von einem Tränenstrom weggewaschen.

Nach ihrer Ankunft in Sundering on Sea mietete sich Mrs. Huss für eine Nacht im Bahnhofshotel ein und verbrachte den nächsten Vormittag damit, angemessene Privatquartiere einer strengen Untersuchung zu unterziehen. Etwas am unscheinbaren Aussehen vom „Seeblick" zog sie an, und nach langen Verhandlungen gelang es ihr, Mrs. Croomes Forderung von fünf Guineen auf viereinhalb herunterzudrücken. Am selben Nachmittag bot ein ungelegener Bewerber auf seiner verzweifelten Zimmersuche – denn plötzlich war ein Strom von Gästen nach Sundering gekommen – sechs Guineen. Mrs. Croome wollte von der ersten Verreinbarung zurücktreten, aber Mrs. Huss bestand auf ihrem Recht, und von diesem Augenblick an stand jedes Gespräch zwischen Mietern und Vermieterin unter der Devise: „Ich bekomme nur viereinhalb Guineen, wo ich doch sechs bekommen sollte." Um sich schadlos zu halten, versuchte Mrs. Croome für die Benützung des Badezimmers, für Kochen nach fünf Uhr, für das Einlassen von Mr. Huss' braunen Schuhen mit einer speziellen, für ihn gekauften braunen Schuhcreme, statt sie nur zu wichsen, und für die Benützung der Tinte in seinem umfangreichen Briefwechsel zusätzliche Gebühren einzuheben; und jeder einzelne dieser Punkte hatte zu bitterem Zank und Streit Anlaß gegeben.

Es war Mr. und Mrs. Huss jedoch bestimmt, einem noch schlimmeren Schlag standhalten zu müssen. Der Job der Bibel hatte sieben Söhne und drei Töchter gehabt, und sie alle waren umgekommen. Unser Job sollte einen härteren Verlust erleiden; er hatte nur einen einzigen Sohn, einen vielversprechenden Jungen, der in die Königliche Luftflotte eingetreten war. Es kam die Nachricht, daß er über den deutschen Linien abgeschossen worden war.

Unglückseligerweise hatte es wegen des Jungen Streit zwischen Mr. und Mrs. Huss gegeben. Huss war stolz darauf, daß der Junge eine so heldenhafte

Laufbahn angestrebt hatte; Mrs. Huss hatte alles getan, um ihn davon abzuhalten. Jetzt kannte die arme Frau in ihrem Schmerz keine Hemmung mehr. Sie bezeichnete ihn als Mörder ihres Kindes. Sie hoffe, er sei zufrieden mit seinem Werk. Er könne einen Namen mehr auf seiner Liste verewigen, er könne ihn auf die Ehrentafel in der Kapelle „zu den andern" schreiben. Ihr kleiner Junge! Und als sie das gesagt hatte, lief sie schluchzend aus dem Zimmer.

Der unglückliche Mann saß wie versteinert. Das „zu den andern" hatte ihn mitten ins Herz getroffen. Denn in der Kapelle der Schule hing eine Liste von Ordensträgern und Trägern von Tapferkeitsmedaillen, die unübertroffen und wahrlich sein Stolz gewesen war.

Einige Tage lang war er wie gelähmt. Er war völlig erschöpft und teilnahmslos. Er konnte sich kaum den dringendsten Briefen widmen. Sein Leben voll Würde, Hoffnung und überschäumender Tatkraft war nun auf diesen schäbigen Raum beschränkt, durchdrungen vom Gezänk zweier unvernünftiger Frauenzimmer; sein Lebenswerk lag in Schutt und Asche, und er fand keine Kraft mehr, gegen das Schicksal anzukämpfen. Und er wurde sich langsam eines vagen Schmerzes in seinen Eingeweiden bewußt.

Seine Frau, jetzt halb wahnsinnig vor Verzweiflung und Schmerz, wollte einen heftigen Streit mit ihm vom Zaun brechen, ob sie Trauerkleidung für den Sohn anlegen sollten. Seit jeher hatte er eine

Abneigung gegen den Pomp von Trauergepflogenheiten gehegt und sich offen dagegen ausgesprochen, doch sie bestand darauf, Schwarz zu tragen, gleich wie gefühllos und roh er auch sein mochte. Er könne sicher sein, sagte sie, daß sie keinen Groschen mehr ausgeben würde, als es der geringste Anstand erforderte; sie werde den billigsten Stoff kaufen und selbst in ihrem Schlafzimmer schneidern. Aber Schwarz mußte sie tragen. Dieser Entschluß führte zu einem weiteren Streit mit Mrs. Croome, die sich dagegen verwahrte, ihr schönstes Schlafzimmer von Flecken schwarzen Stoffs übersät zu sehen und ihre Nähmaschine nicht mehr herlieh. Die Trauerkleider würden fertig werden, darauf beharrte Mrs. Huss, und wenn sie jeden Stich mit der Hand machen müßte. Und die arme verzweifelte Frau verschlimmerte die Dinge in ihrer Sparsamkeit noch dadurch, daß sie den Stoff überall um ein bis zwei Zentimeter zu eng schnitt. Es kam fast zu einem Handgemenge mit Mrs. Croome, als diese den Zustand des Teppichs und der Bettdecke sah, worauf sie alles tat, um auch Mr. Huss und ihren Mann in den Streit einzubeziehen.

„Croome mischt sich selten in was ein, aber manchmal wird's sogar ihm zuviel, Mr. 'Uss!“

Einige Tage lang zwang sich Mr. Huss, inmitten dieser Schlacht zwischen unaussprechlicher Trauer und schäbigen Grausamkeiten, trotz des Schmerzes, der sich langsam in sein Bewußtsein bohrte, den vielfältigen Aufgaben nachzugehen, welche die Katastrophen in seiner Schule notwendig gemacht hatten. Aber eines Nachts entschlüsselte ihm ein Traum, wie Träume das manchmal tun, seinen körperlichen Zustand. Aus seiner Seite sah er etwas Hartes, Weißes herauswachsen, das wurmähnliche Fortsätze in den kleinsten Winkel seines Ichs bohrte. Eine Anzahl von Ärzten versuchte, das Ding aus ihm herauszureißen, und bei jedem Versuch verstärkte sich der Schmerz.

Er wachte auf, der Schmerz verging aber nicht.

Er blieb ganz still liegen. Aus der tiefen Finsternis stieg vor ihm das Wort „Krebs" glühendrot auf – glühend wie der Schmerz . . .

Er focht gegen diese feste Überzeugung an. Er sprach mit sich in der Möglichkeitsform. „Wäre es so", sagte er, obwohl er wußte, daß es so war. Was sollte er tun? Es würden Operationen auf ihn zukommen, große Ausgaben, er würde immer schwächer werden . . .

Wen konnte er um Rat fragen? Wer würde ihm helfen . . .?

Er könnte am nächsten Morgen zum Bad gehen, eine Karte kaufen, als wolle er den Vormittag mit Schwimmen verbringen, und weit hinaus hinter die schlammigen Flächen waten. Er könnte so tun, als habe er plötzlich einen Krampf bekommen . . .

Er würde fünf Minuten des Erstickens ertragen müssen, und dann *Friede* – endloser Friede!

„Nein", sagte er in einem plötzlichen Anfall von Mut. „Ich werde es bis zum Ende durchkämpfen."

Aber sein Gemüt war zu abgestumpft zum Pläne machen, und er hatte Angst vor den körperlichen

Schmerzen. Er würde einen Arzt finden müssen, aber sogar diese einfache Aufgabe erschreckte ihn.

Außerdem würde er es Mrs. Huss sagen müssen . . .

Eine Zeitlang lag er regungslos, als wolle er dem Auf- und Abklingen des Schmerzes lauschen.

„Oh! Wenn ich nur irgend jemand hätte, der mir helfen könnte!“ flüsterte er, und seine elende Einsamkeit überwältigte ihn. „Wenn ich jemand hätte!“

Jahrelang hatte er nicht mehr geweint, aber jetzt lösten sich die Tränen unaufhaltsam. Er drehte sich um, barg das Gesicht im Kissen und versuchte, seinen Körper dem nagenden Schmerz zu entziehen, wobei er sich hin und her warf, wie ein verstörtes Kind es tut.

Die Nacht um ihn erschien ihm wie ein riesiges, lauerndes Etwas, das weder helfen noch antworten wollte.

3

Hinter dem Messingschild am Eck, welches den Namen „Dr. Elihu Barrack“ trug, fand Mr. Huss einen zähen, tüchtigen jungen Mann, der nach dem Verlust eines Beines im Krieg nach Sundering in seine Praxis zurückgekehrt war. Er trug die Prothese ohne Schwierigkeiten. Er schien sowohl bescheiden als auch geschickt zu sein; seine ungünstige Diagnose war um so überzeugender, da sie nur vorläufig war und nur unter bestimmten Umständen galt. Er kannte genau den richtigen Spezialisten für diesen Fall; kein geringerer Chirurg als Sir Alpheus Mengo kam, so schien es, häufig nach Sundering, um hier Golf zu spielen. Es würde eine Kleinigkeit sein, eine Untersuchung von Mr. Huss in Dr. Barracks Ordination zu vereinbaren, und wenn eine Operation wirklich notwendig wäre, dann könnte sie mit minimalen Kosten in Mr. Huss' Quartier ausgeführt werden, wodurch keine Fahrtspesen und Ähnliches erwachsen würden.

„Selbstverständlich", sagte Mr. Huss, „selbstverständlich", und sah Mrs. Croome vor sich, wenn er ihr diesen Plan darlegte.

Sir Alpheus Mengo kam am nächsten Samstag und untersuchte Mr. Huss heimlich. Er beschloß, am folgenden Wochenende zu operieren. Auf seinen eigenen Wunsch überließ man es Mr. Huss, seine Frau davon ins Bild zu setzen und die notwendigen Vereinbarungen mit Mrs. Croome zu treffen. Es dauerte aber zwei Tage, bevor er sich imstande sah, über die Sache zu sprechen.

Jetzt saß er und lauschte den Geräuschen aus dem oberen Schlafzimmer, in dem seine Frau auf und ab ging, und dem gedämpften Klirren und Krachen, welches andeutete, daß sich Mrs. Croome dem Höhepunkt ihrer Vorbereitungen für das Mittagessen näherte. Er hörte, wie sie nach oben rief, ob Mrs. Huss bereit sei, zum Essen zu kommen. Panische Angst überfiel ihn wie einen Schuljungen, der seine Lektion nicht vorbereitet hatte. Hastig versuchte er, ein paar einleitende Sätze zusammenzustellen, aber es fiel ihm nichts ein als ein paar Worte des Ekels und des Jammers. Die drückende Hitze des Tages verschmolz in eins mit seinen Schmerzen. Der Geruch des Essens verursachte ihm Übelkeit. Er spürte seine Unfähigkeit, bei Tisch zu sitzen und das Gericht aus verbranntem Speck und Kartoffeln zu essen, das nur allzu offenkundig kommen würde.

So war es auch. Das Klappern von Schüsseln kündete das Nahen an. Die Tür wurde mit einem Tritt aufgestoßen. Mrs. Croome stellte ihr Kunstwerk mit einem Ausdruck auf den Tisch, der zwischen Verteidigung und Trotz schwankte. „Was", schien sie zu sagen, „kann man am Höhepunkt der Saison für viereinhalb Guineen sonst erwarten? Von einer Frau, die sechs Guineen hätte bekommen können!"

„Das Essen steht auf dem Tisch!" rief Mrs. Croome mit betonter Geringschätzung nach oben und zog sich dann in die Küche zurück, wobei sie die Tür zuschmetterte.

Das Nachbeben verklang, und Mr. Huss konnte die Schritte seiner Frau hören, als sie das Schlafzimmer verließ und die Treppe herunterkam.

Mrs. Huss war eine dunkle, zierliche und recht unordentliche Frau von siebenundvierzig Jahren, die ständig an eingebildeten Vorwürfen Anstoß zu nehmen schien und diese gekränkt zurückwies. Sie hob den Deckel der Gemüseschüssel. „Ich habe ja gerochen, daß etwas angebrannt ist", sagte sie. „Diese Frau ist unmöglich."

Sie stand neben ihrem Stuhl, sah ihren Mann an und wartete.

Er stand zögernd auf und setzte sich zu Tisch.

Es war immer ihre Gewohnheit gewesen vorzulegen. Sie wollte dies auch jetzt tun. „Nein", sagte er voll Abscheu. „Ich kann nichts essen. Ich *kann nicht.*"

Sie legte Löffel und Gabel, die sie gerade in die Hand genommen hatte, beiseite und maß ihn mit tiefster Mißbilligung.

„Mehr bekommen wir nicht", sagte sie.

Er schüttelte den Kopf. „Das ist es nicht."

„Ich weiß nicht, was du eigentlich hier erwartest", beklagte sie sich. „Die Kaufleute kennen uns nicht – und es ist ihnen auch egal."

„Das ist es nicht. Ich bin krank."

„Das ist die Hitze. Wir sind alle krank. Jeder. Bei diesem Wetter. Aber in unserer Lage ist das keine Entschuldigung, es nicht wenigstens zu versuchen."

„Ich will sagen, daß ich wirklich krank bin. Ich habe Schmerzen."

Sie sah ihn an, als sei er ein unvernünftiges Kind. So zwang sie ihn zu einer klareren Aussage.

„Irgendwann muß ich es dir ja sagen. Ich bin beim Arzt gewesen."

„Ohne mir etwas zu sagen!"

„Ich wollte dich nicht beunruhigen, falls es nur Einbildung gewesen wäre."

„Aber wie hast du denn einen Arzt gefunden?"

„Es gibt einen gleich um die Ecke. Ach, es hat ja doch keinen Sinn, lange darum herumzureden. Ich habe Krebs . . . Und es hilft nur eine Operation." Selbstmitleid überwältigte ihn fast. Er unterdrückte den heftigen Wunsch zu weinen. „Ich bin zu krank, um etwas zu essen. Ich sollte eigentlich liegen."

Sie stieß den Stuhl zurück und starrte ihn an, wie man nur auf eine scheußliche Mißgeburt starren kann. „Oh!" sagte sie. „Jetzt bekommst du Krebs! In diesem Quartier!"

„Ich kann doch nichts *dafür*", sagte er in einem Tonfall, der fast schon ein Winseln war. „Ich habe mir die Zeit nicht ausgesucht."

„*Krebs!*" rief sie anklagend. „Wie ekelhaft!"

Einen Augenblick lang sah er sie mit Haß im Herzen an. Er sah unter ihren gerunzelten Brauen Augen, die düster und feindselig waren und doch einmal vor Zuneigung geglänzt hatten, er sah einen offenen Mund mit herabhängenden Winkeln, der stolz und voll gewesen war, und diese Maske des Abscheus saß auf einem Hals, den er mit dem Halm einer Blume verglichen hatte, so sehr hatte ihn ihr Gesicht an eine Blüte gemahnt. Sie hatte feine Schultern und ein fröhliches Gemüt gehabt; jetzt war die Haut an Hals und Schultern faltig geworden, und sie selbst war nicht länger neckisch, sondern bissig. Ihre Stirn war naß vor Hitze, und ihr Haar strähniger noch als sonst. Aber all das verringerte seine feindlichen Gefühle eher, als es sie verstärkte. Er sah darin keinen Makel; es waren Wunden, die gemeinsam erlittenes Unglück geschlagen hatte. Er hatte sie immer verwöhnt, alles von ihr ferngehalten und sich an ihrer Eitelkeit und Schwäche erfreut, und jetzt, da er das ganze Maß ihrer Selbstsüchtigkeit erkannte, ging sein Herz voll beschützen wollenden Mitleids über, das ihn seine Schmerzen vergessen ließ. Es war schrecklich mitanzusehen, wie vollkommen ihre Zartheit und ihr Gemüt gebrochen waren. Sie hatte weder die Stärke noch den Mut für einen einzigen selbstlosen Gedanken. Und er konnte ihr nicht helfen; welche Macht auch immer er über ihr Gemüt gehabt hatte, er besaß sie nun nicht mehr. Seine Zauberkraft war gewichen.

In der letzten Zeit hatte er sehr oft daran gedacht, was aus ihr würde, wenn er stürbe. In mancher Hinsicht wäre sein Tod für sie nur gut. Er hatte eine Lebensversicherung abgeschlossen, welche bei seinem Tod sofort siebentausend Pfund abwerfen, andernfalls aber noch längere Zeit die jährliche Zahlung einer großen Summe erfordern würde. So gesehen wäre sein Tod für sie ein klarer Gewinn. Aber wer würde das Geld für sie verwalten und ihre Interessen wahren? Er wußte, daß sie in Geldangelegenheiten sehr ungeschickt war; sie mißtraute denen, die sie gut kannte, und war Fremden gegenüber habgierig und gutgläubig. Er trug einen Teil der Schuld an ihrem Unvermögen, und es war seine Pflicht, am Leben zu bleiben und sie zu beschützen, wenn er es vermochte. Und außer diesem naheliegenden und unmittelbaren Beweggrund, das Leben zu bewahren, hatte er das drängende Gefühl, daß er vieles in dieser Welt noch nicht vollbracht und seine Aufgaben auf dem Gebiet der Erziehung nicht erfüllt hatte.

Das Kinn in die Hand gestützt, die Augen auf das dunkle, weit entfernte Meer gerichtet, sprach er. „Eine Operation“, sagte er, „könnte mich wieder gesund machen.“

Ihre Gedanken, das wurde jetzt klar, waren durch ein verwüstetes häßliches Land gestreift, auf einem Weg, der dem seinen ungefähr glich. „Aber muß man denn operieren?“ dachte sie laut. „Hat das denn schon je genützt?“

„Ich könnte sterben“, bekannte er bitter und bereute es schon, während er noch sprach.

Er entsann sich der Zeiten, da sie gut und tapfer gedacht und gehandelt hatte, die arme Seele! Diese arme, gebrochene Gefährtin! Und jetzt war sie in ein Dunkel gestürzt, das viel tiefer als das seine war. Er hatte gefürchtet, ihr weh getan zu haben, und als er sah, daß sie nicht verletzt war und daß sie sein Gesicht mit den Augen durchforschte, als wäge sie die Ehrlichkeit seiner Gedanken ab, kannte sein Gefühl der Einsamkeit keine Grenzen mehr.

Über seiner kleinen persönlichen Tragödie des Schmerzes und der Erniedrigung in dem dumpfen Raum, der von Fliegen schwirrte, schien ihm, als beobachte ihn ein riesiges, gnadenloses Etwas, wie ein Wissenschaftler ein Experiment beobachten mochte, und drücke ihm und seinem ganzen Leben einen Stempel auf. „Du bist allein", sagte ihm dieser düstere Zuseher. „Du bist völlig allein. *Verfluche Gott und stirb.*"

Es schien eine lange Zeit, bevor Mr. Huss dieser imaginären Stimme antwortete, und als er antwortete, war es, als spräche er nur zu seiner Frau.

„*Nein*", sagte er mit plötzlicher Entschlossenheit. „Nein. Ich werde diese Operation auf mich nehmen ... Wir sind krank, und unsere Herzen sind schwach. Weder für dich, meine Liebe, noch für mich darf unser gemeinsames Leben auf diese Weise enden. Nein. Ich werde bis zum Letzten gehen."

„Und dich hier operieren lassen?"

„In diesem Haus. Wie die Dinge liegen, ist es der beste Ort dafür."

„Du könntest hier sterben!"

„Ich werde eben kämpfend sterben!"

„Und läßt mich hier allein mit Mrs. Croome!"

Bei dieser Antwort verlor er seine Beherrschung. „Und lasse dich mit Mrs. Croome allein", sagte er grob.

Er stand auf. „Ich kann nichts essen", wiederholte er und ließ sich verstimmt in den roßhaargepolsterten Lehnstuhl fallen.

Lange war es still, und dann hörte er die leisen, fast mausartigen Bewegungen seiner Frau, als sie zu essen begann. Eine Zeitlang hatte er den dumpfen Schmerz in sich vergessen, aber jetzt drängte sich das Pochen wieder in sein Bewußtsein. Er war hilflos und verwirrt; er hatte diesen Streit nicht gewollt. Er hatte das arme Ding verletzt, das er geliebt hatte, das seine Gefährtin gewesen war; er hatte sie eingeschüchtert. Sein Gehirn war wie gelähmt, und es fiel ihm nichts ein, daß die Dinge wieder ins Lot bringen konnte. Mit trüben Augen starrte er in eine Welt, die ihm gänzlich verhaßt war.

3

Die drei Besucher

1

Während dieser unseligen Unterredung in Sundering on Sea besprachen drei Männer sehr eingehend den Fall des Mr. Huss bei einem fleischlosen, aber dennoch sehr reichlichen Mahl im Erker eines Klubs, von dem man auf die Bäume und das sonnenüberflutete Grün der Carlton Gardens hinaussah. Ein Hummersalat nahm ihre Aufmerksamkeit gefangen, und das Eis im Kübel, in dem der Rheinwein lag, klirrte angenehm, als sie ihre Gläser erneut füllten.

Der Gastgeber war Sir Eliphaz Burrows, der Patenthalter und Hersteller des Temanite-Baumaterials, das nicht nur den Bau von Armeequartieren, sondern auch den ganzen Komplex des Industrie- und Wohnhausbaus geradezu revolutioniert hatte. Seine Gäste waren Mr. William Dad, der einst den berühmten Dad-and-Showhite-De-Luxe-Wagen hergestellt hatte und heute einer der bedeutendsten Flugzeugproduzenten Englands war; und Mr. Joseph Farr, dem Leiter der technischen Abteilung von Woldingstanton. Die beiden Erstgenannten waren Direktoren der Stiftung und ungeheuer reich; Sir Eliphaz war ein Schüler von Mr. Huss' Vater gewesen und hatte bei der Berufung von Mr. Huss eine bedeutende Rolle gespielt. Er war ein schmächtiger alter Mann, dessen Kopf wie der eines gierigen Geiers auf einem langen roten Hals saß; seine Haare waren teils rot, teils weiß und wuchsen in einem Kranz um seine Stirn, bedeckten sein ganzes Gesicht und auch die Handrücken. Er trug ein weiches blaues Hemd mit kleinem Kragen und dazu einen zu groß geschnittenen Anzug aus Wollstoff; alles zusammen erweckte den Eindruck von Bildung und guter Erziehung. Seine Manieren waren überaus geschliffen. Mr. Dad war gedrungener, lebhafter, immer wachsam, wie ein Foxterrier aus dem Industriegebiet der Midlands, mit silbergrauem Haar und einem ganz gewöhnlichen Anzug, der nur von einer beigen Weste mit brauner Bordüre belebt wurde. Mr. Farr in seinem Anzug aus grauem Flanell wirkte riesig; er hatte ein großes, rundes, weißes, glänzendes, glattrasiertes Gesicht und nervöse Hände, und man sah deutlich, daß er seine Taschen mit Notizbüchern und ähnlichen Dingen vollgestopft hatte.

Sie aßen den Hummer mit Appetit und wandten sich dann zögernd und nur schrittweise der Angelegenheit zu, die sie zusammengebracht hatte: den diversen Unglücksfällen, welche über Mr. Huss hereingebrochen waren und deren Auswirkung auf die Zukunft der Schule.

„Ich persönlich glaube nicht daran, daß es so

etwas wie Unglücksfälle gibt", sagte Mr. Dad. „Ich halte gar nichts davon. Man könnte es Fehleinschätzung nennen, *wenn* Sie so wollen."

„In gewissem Sinn", sagte Mr. Farr unbestimmt und blickte auf Sir Eliphaz.

„Wenn ein Mann einen klaren Kopf behält", sagte Mr. Dad und machte sich mit Hoffnung und Appetit über eine Schere des Hummers. Er huldigte der Sparsamkeit unvollendeter Sätze.

„Ich komme nicht darum herum", sagte Sir Eliphaz, setzte sein Glas nieder und wischte sorgfältig über Schnurrbart und Augenbrauen, bevor er sich wieder dem Hummer widmete, „daß ein Mann, der seine geschäftlichen Angelegenheiten einem Rechtsanwalt übergibt, genauso wie Witwen und Waisen kaum urteilsfähig sein kann. Oder er ist tollkühn. Ich habe noch nie in meinem ganzen Leben einen Rechtsanwalt getroffen, der Geld sicher und gewinnbringend angelegt hat. Geistliche, ja, alle möglichen Frauen, Wilde, Monomanen, Verbrecher, aber bestimmt *niemals* Rechtsanwälte."

„Ich habe ein paar geistliche Herren gekannt, die in geschäftlichen Dingen sehr gewitzt waren", bemerkte Mr. Dad gerechterweise. „Einen im besonderen. Sehr gerissen. Eine Klasse, die man leicht unterschätzt."

„Vielleicht ist es nur natürlich, daß ein Rechtsanwalt wahllos investiert", fuhr Sir Eliphaz in seiner Rede fort. „Er lebt außerhalb des normalen Lebens in einem schmutzigen kleinen Büro eines uraltem Hauses, seine Büroeinrichtung ist mindestens fünfzig Jahre alt. Seine tägliche Umgebung besteht aus Blechschachteln, welche die Namen seiner verstorbenen und übel beleumundeten Klienten tragen, er muß die Gerichtssäle mit ihren Richtertischen, den seltsamen Gestalten, welche in langen Mänteln und Roßhaarperücken herumlaufen, ernst nehmen, er trifft niemand anderen außer abnormale Menschen oder Menschen, die in abnormalen Umständen leben: Menschen, die unter Eifersucht und Angst leiden, die erpreßt werden, Betrüger, Wahnsinnige, Menschen, die Prozesse führen und sich in Erbschaftsangelegenheiten verzetteln. Die einzigen Investitionen, die er je bespricht, sind Investitionen außerhalb der Ordnung. Es ist nur natürlich, daß er jeden Sinn für normale Verhältnisse verliert. Natürlich wird er unsinnig mißtrauisch: und wenn ein Klient einen klaren Schritt von ihm verlangt, wird er unsicher und spielt va banque."

„Natürlich", sagte Mr. Dad. „Und hier haben wir den armen Huss, der alle seine Angelegenheiten –"

„Eben", sagte Sir Eliphaz und füllte sein Glas wieder.

„Er hat sich in den letzten zwei Jahren sehr verändert", sagte Mr. Fall. „Zum einen hat ihm der Krieg Sorgen gemacht."

„Das hat gar keinen Sinn", sagte Mr. Dad.

„Sogar vor dem Krieg", begann Sir Eliphaz.

„Sogar vor dem Krieg", sagte Mr. Farr in eine

Pause hinein.

„Es gab einen Wandel", sagte Sir Eliphaz. „Er ist neuen Theorien in der Erziehung aufgesessen."

„Das darf ein Direktor nicht", sagte Mr. Farr.

„Wir wollten immer eine große technische und naturwissenschaftliche Schule", sagte Sir Eliphaz. „Er hat die Logik in den normalen Englischunterricht eingebaut – gegen meine Überzeugung. Er hat einige der Jungen dazu gebracht, sich mit Philosophie zu beschäftigen."

„Alle, die er dazu bringen konnte", sagte Mr Farr.

„Ich habe nie etwas von seiner Marotte gehalten, Geschichte zu unterrichten", sagte Mr. Dad. „Er war ganz verrückt danach. Es ist immer schlimmer geworden. Was ist denn Geschichte schon? Im besten Fall ist sie aus und vorbei . . . Aber darüber konnte man mit ihm nicht reden – nicht vernünftig reden. Er war – anmaßend. Er hatte so eine Art, einen anzusehen . . . Wir haben nie die Absicht gehabt, aus Woldingstanton eine Schule für Geschichtsunterricht zu machen."

„Und jetzt, Mr. Farr", sagte Sir Eliphaz, „was für Einzelheiten wissen Sie über den Brand?"

„Es ist nicht meine Aufgabe, Kritik zu üben", sagte Mr. Farr.

„Ich sage", sagte Mr. Dad und spitzte seinen Mund entschlossen, „ich behaupte, daß man die Verantwortlichen suchen muß. *Die Verantwortlichen suchen.* Da haben wir eine Tür, die versperrt ist, obwohl sie nach den Regeln des gesunden Menschenverstands offen sein sollte. Wer war dafür verantwortlich?"

„Soweit ich das feststellen konnte, gab es niemand im Schulhaus, der für diese Tür wirklich verantwortlich war", sagte Mr. Farr.

„Jede Verantwortung", sagte Mr. Dad mit einem Ausdruck von verdrossener Beharrlichkeit, als habe ihn Mr. Farr verärgert, „jede Verantwortung, die nicht delegiert wurde, liegt beim Direktor. Das ist die erste Grundregel jeder Geschäftsorganisation. In meiner Fabrik mache ich das jedem klar, der bei mir eintritt, sei es Mann oder Frau oder Kind . . ."

Mr. Dad erklärte noch immer mittels imaginärer Dialoge seine Methoden, Verantwortung zu delegieren, prägnant, aber dramatisch, als Sir Eliphaz seinen Redeschwall mit „Kommen wir einen Augenblick auf Mr. Huss zurück . . ." unterbrach.

Die Frage, die Sir Eliphaz aufwerfen wollte, war, ob Mr. Huss damit rechne, weiter Direktor von Woldingstanton zu bleiben. Aus einem Satz in einem seiner Briefe entnahm Sir Eliphaz, daß er es erwarte.

„Nun ja", sagte Mr. Farr gewichtig und ließ die Worte einen Augenblick im Raum stehen, „er will bleiben."

„Tja", sagte Mr. Dad, preßte die Lippen aufeinander und schüttelte langsam und Brauen runzelnd den Kopf, als habe er sich auf die Zunge gebissen.

„Ich bin der erste, der die großartige Arbeit würdigt, die er in den ersten Jahren für die Schule getan hat“, sagte Mr. Farr. „Und ich bin der letzte, der seine Richtlinien für diese Arbeit abändern würde. Abgesehen davon, daß ich einen Teil des Biologieunterrichts und fast diesen ganzen neumodischen Geschichtsunterricht durch Chemie und Physik ersetzen würde. Aber man muß zugeben, daß Mr. Huss nicht wußte, wann er etwas delegieren oder die Verantwortung an andere abtreten sollte. Wir, alle von uns, die ganze Belegschaft – das ist kein persönlicher Groll – wurde, um es milde auszudrücken, wie Entmündigte behandelt. Bevor er auf etwas Autorität verzichtete, ließ er die Dinge lieber treiben. Als Beispiel will ich nur diese Tür und die Krankenschwester anführen.“

Mr. Dad nickte mit zusammengepreßten Lippen; jedes Nicken war wie ein Hammerschlag.

„Ich habe nie an diesen übertriebenen Geschichtsunterricht in der Schule geglaubt“, bemerkte Mr. Dad ziemlich zusammenhanglos. „Wenn man Latein und Griechisch schon abschafft, warum bringt man es dann in anderer Form wieder? Man hat mir sogar erzählt, daß er über Assyrien gelehrt hat. Assyrien! Eine moderne Schule sollte eine moderne Schule sein – Geschäft als erstes, als letztes und auch dazwischen. Und sollte den Jungen beibringen, wie man arbeitet. Wir werden das brauchen, denken Sie an meine Worte!“

„Ein gewisser Grad von moderner Kultur“, meinte Sir Eliphaz.

„*Modern*“, sagte Mr. Farr leise.

Mr. Dad grunzte. „Meiner Meinung nach kommen die Jungen dabei nur auf dumme Gedanken."

Mr. Farr tastete sich behutsam auf seinem Weg vor. „Naturwissenschaften mit einer entsprechenden Betonung ihrer praktischen Anwendung sollten unbedingt den größten Teil einer modernen Erziehung ausmachen . . ."

Sie waren im Rauchsalon und hatten bereits je drei fürstliche Zigarren zur Hälfte konsumiert, bevor sie über diese nur angedeuteten Lästerungen des gefallenen Direktors auf das eigentliche Problem hinaus zu sprechen kamen. Dann rief Mr. Dad in der klaren und präzisen Art des Geschäftsmanns seine Kollegen zur Tat auf. „Nun", sagte Mr. Dad und wandte sich an Sir Eliphaz, „was tun wir?"

„Es ist offenkundig, daß Woldingstanton in einen neuen Abschnitt eintreten muß; was geschehen ist, bringt uns an den Scheideweg", sagte Sir Eliphaz. „So sehr ich das Unglück unseres alten Freundes bedaure."

„Das", sagte Mr. Dad, „bedeutet Farr."

„Wenn er diese Bürde auf sich nehmen will", sagte Sir Eliphaz und lächelte Mr. Farr an, nicht so sehr mit dem Mund als mit den gewinnendsten Wellenbewegungen und Schwingungen seiner zahlreichen Haarsträhnen.

„Ich möchte nicht den Niedergang der Schule erleben", sagte Mr. Farr. „Ich habe ihr einen großen Teil meines Lebens gewidmet."

„Richtig", sagte Mr. Dad. „Richtig. Halten wir

das fest. Das paßt uns. Und wie gehen wir die Sache nun an? Das nächste wird sein, Huss davon zu benachrichtigen . . . Wie?"

Er brach ab, um den Ideen seiner Kollegen eine faire Chance zu geben.

„Ich habe die folgende Idee. Keiner von uns möchte hart zu ihm sein. Es ist ihm schon schlecht genug ergangen. Wir möchten so sanft wie möglich sein. Ich fahre zufällig hie und da nach Sundering on Sea und spiele dort Golf. Ein ausgezeichneter Golfplatz, sehr gepflegt, und das große Hotel daneben bietet gutes Service, darum kümmert sich schon die Eisenbahn, trotz des Krieges. Warum sollten wir nicht alle, wenn Sir Eliphaz' Verpflichtungen es zulassen, hinfahren und die Möglichkeit nützen, mit ihm alles in einem offenen Gespräch ins reine zu bringen? Es muß ja geschehen, und mir erscheint es menschlicher, es mündlich zu tun, als nur Briefe zu schreiben. Höchstwahrscheinlich können wir ihm den Fall so darlegen, daß er selbst die Lösung vorschlagen wird, welche wir anstreben. Besonders Sie, Sir Eliphaz, der Sie doch nach ihrer eigenen Aussage ein alter Freund sind . . ."

2

Da es äußerst unwahrscheinlich war, daß Mr. Huss Sundering on Sea in der nächsten Zeit verlassen würde, schien es Mr. Dad unnötig, ihn von dem geplanten Besuch zu unterrichten. Und so hörten die drei ehrenwerten Herren nichts von der Krebsoperation, bevor sie nicht am Ort des Geschehens angekommen waren.

Mr. Dad kam Freitag am frühen Nachmittag ins Golfhotel, wo er schon Zimmer für die Gruppe bestellt hatte. Er brauchte die Erholung, die ihm der Golfplatz bot, sehr notwendig, denn die Aufgabe, ein genügend hohes Kapital aufzubringen, um der britischen Industrie, mit der sich Mr. Dad in seiner direkten Art identifizierte, eine rosige Zukunft zu sichern, war so schwierig, daß sie zwischen der Scylla der aggressiven Arbeiterschaft und der Charybdis der Kriegsgewinnsteuer seine Fähigkeiten aufs äußerste beanspruchte. Zum Abendessen gesellte sich Mr. Farr zu ihm, und Sir Eliphaz, den Verhandlungen mit der amerikanischen Regierung in London aufgehalten hatten, hatte sich schon im Speisewagen gesättigt. Mr. Farr machte einen Erkundungsgang nach Haus „Seeblick" und war so der erste, der von der Operation erfuhr.

Sir Alpheus Mengo sollte mit dem Frühzug zum „Seeblick" kommen. Er hatte alle Vorkehrungen getroffen, die Operation noch vor dem Mittagessen durchzuführen. Es war daher klar, daß nur zwischen dem Frühstück und dem Eintreffen von Sir Alpheus Zeit für eine Unterredung zwischen den drei Männern und Mr. Huss blieb.

Mr. Huss, dessen Lethargie völlig geschwunden war, war von wilder Entschlossenheit besessen, über die Schule zu sprechen. „Es gibt da einige Punkte, die ich klarstellen muß", sagte er, „lebenswichtige Punkte", und so verabredete man sich für halb zehn Uhr. Das würde ihnen eine volle Stunde bis zum Eintreffen der Ärzte lassen.

„Er betrachtet das in einer gewissen Weise als sein Testament", sagte Mr. Farr. „Natürlich hat er seine eigenen Ansichten über die Zukunft der Schule. Die haben wir alle. Ich bin der letzte, der annimmt, Huss könnte etwas über Woldingstanton sagen, was nicht des Anhörens wert ist. Einige von uns haben das meiste davon ja schon gehört und werden daher einige seiner Feststellungen außer acht lassen können. Aber unter den gegebenen Umständen steht das ja nicht zur Debatte."

3

In den beengten Räumlichkeiten des „Seeblicks" standen die Dinge gar nicht so schlecht, wie es Mr. Huss gefürchtet hatte. Die Aussicht auf eine Operation war Mrs. Croome durchaus nicht nur unangenehm. Es wäre ihr wahrscheinlich lieber gewesen, wenn das Opfer Mrs. und nicht Mr. Huss gewesen wäre, aber es war klar, daß sie wenigstens in diesem Punkt keine Forderungen stellen konnte. Ihr Verlangen nach einer Sonderzahlung, um die durch die Operation entstehenden Unannehmlichkeiten abzugelten, waren von Mr. Huss äußerst großzügig erfüllt worden. Und Mrs. Croome hatte eine echte Neigung zu Ordnung und Methode; sie hielt viel vom Frühjahrsputz, war fanatisch in ihrem Sauberkeitswahn, und ihre Abneigung gegen die unordentliche Frisur von Mrs. Huss war fast so unwillkürlich wie die Feindschaft zwischen verschiedenen Rassen; und die raschen, geschickten Vorbereitungen der Krankenschwester, die kam, um den besten Schlafraum in einen Operationssaal umzuwandeln, beeindruckten sie tief. Sie durfte mithelfen. Überflüssige Vorhänge und Möbel wurden entfernt, alles wurde gründlich gewaschen, und im letzten Augenblick sollten über die offenen Flächen reine Leintücher, wunderbar gestärkt, gebreitet werden. Sie würden in sterilisierten Blechtrommeln gebracht werden. Die Idee der sterilisierten Kanister faszinierte sie. Sie wünschte, sie könne ihre eigene Wäsche immer in sterilisierten Kanistern aufheben und ihren Mietern statt dessen etwas anderes geben.

Sie hatte den Eindruck, eine Art von Hilfspriesterin bei einem Opfer zu sein, dem Opfer von Mr. Huss. Sie hatte seine nachgiebige Ruhe immer insgeheim gefürchtet, als könne sich diese unerklärliche Haltung plötzlich gegen sie richten; sie glaubte, daß er ironisch sei; und in der Narkose würde er hilflos sein, sich jeder Untersuchung unterziehen müssen, ohne die Möglichkeit zu haben, bissige Antworten zu geben. Sie tat ihr Bestes, um Dr. Barrack zu überzeugen, daß sie während des Geschehens im Zimmer gebraucht werden könnte. In ihrer Phantasie entstanden herrliche Bilder von Mr. Huss' Innerem, das sie als große Truhe voll interessanter und seltsamer Eingeweide, mit weit geöffnetem Deckel sah, in der Sir Alpheus gedankenvoll herumrührte und abschätzige Bemerkungen machte. Aber dieser Anblick blieb ihr verwehrt.

An diesem Samstag vormittag war sie sehr hilfsbereit und fröhlich und widmete sich ganz der Aufgabe, Mr. Huss zu trösten und Mrs. Huss seelisch beizustehen. Schließlich half sie auch bei den letzten Vorbereitungen im Zimmer selbst.

„Das schaut aus wie ein richtiges Spital", sagte sie. „Krankenpflege muß was Schönes sein. So hab' ich mir das gar nicht vorgestellt!"

Mr. Huss war nicht mehr deprimiert, sondern lebhaft und bestimmt, aber Mrs. Huss wurde von der Nichtbeachtung, die ihr zuteil wurde, sehr getroffen – niemand schien auch nur einen Augenblick lang daran zu denken, was sie empfand – und blieb fast die ganze Zeit in ihrem Zimmer, wo sie ungeschickt an den Trauerkleidern herumwerkte, die sie jetzt vielleicht für zwei Gelegenheiten brauchen würde.

4

Mr. Huss kannte Mr. Farr recht gut. Während der letzten zehn Jahr war es sein heftigster Wunsch gewesen, ihn los zu werden, nur war er schwer zu ersetzen, da er eine echte Kapazität auf dem Gebiet der technischen Chemie war. Während ihres fünfminütigen Gesprächs in Mr. Huss' Schlafzimmer am Freitag abend erfaßte Mr. Huss die Lage völlig. Woldingstanton, sein Werk, seine Lebensaufgabe, sollte ihm genommen werden und diesem seinem seelentötenden Assistenten übergeben werden. Zweifelsohne war er unklug gewesen, aber damit hatte er doch nicht gerechnet. Er hatte nie geglaubt, daß Farr es wagen würde.

Er hatte die lange Nacht von Freitag auf Samstag über angestrengt nachgedacht. Sein Schmerz verschaffte ihm keine Ablenkung. Er hatte seine Absichten im Geist fertig und klar formuliert, als seine drei Besucher eintrafen.

Er hatte darauf bestanden, aufzustehen und sich anzukleiden.

„Ich kann über Woldingstanton nicht im Bett sprechen", sagte er. Der Arzt war nicht anwesend und konnte ihm daher nicht widersprechen.

Sir Eliphaz traf als erster ein; Mrs. Huss erlöste ihn schon im Flur von Mrs. Croome und führte ihn ins Zimmer. Sein Anzug aus grobem und doch wolligem Material war von zarter, salbeigrüner Farbe. In den Augen von Mrs. Huss sah er großartig aus. „Ich muß immer an Sie denken, meine Gnädigste", sagte er, während er sich über ihre Hand beugte, und einen Augenblick lang legten sich seine Haare so mitfühlend und traurig zurück wie die eines kranken Skyeterriers. Fast unmittelbar darauf trafen Mr. Dad und Mr. Farr ein; Mr. Farr in grauen Flanellhosen und brauner Jacke und Mr. Dad in einem schmucken dunkelgrauen Anzug mit purpurroter Weste.

„Meine Liebe“, sagte Mr. Huss zu seiner Frau. „Ich muß mit diesen Herren allein sprechen“, und als sie geneigt schien, in der verständnisvollen Aura von Sir Eliphaz zu bleiben, fügte er hinzu: „Ziffern, meine Liebe – Finanzangelegenheiten“, und trieb sie damit hinaus.

„Bei meiner Ehre“, sagte Mr. Dad, als er vor den Lehnstuhl hintrat, die Lippen spitzte und alle Höflichkeitsfloskeln durchlief, bevor er auf die eigentliche Sache zu sprechen kam, „so sehe ich Sie aber gar nicht gerne, Mr. Huss!“

„Ich hoffe, daß auch Sir Eliphaz derselben Meinung ist – und auch Mr. Farr. Nehmen Sie doch bitte Platz.“

Und während Mr. Farr noch entsprechende Laute von sich gab und Sir Eliphaz mit wehendem Haar zu der kleinen Rede ansetzen wollte, die er einstudiert hatte, nahm ihnen Mr. Huss das Wort aus dem Mund und begann:

„Ich weiß sehr gut, in welcher Absicht Sie heute hierhergekommen sind. Sie sind gekommen, um mich als Direktor von Woldingstanton abzusetzen. Und Mr. Farr hat in seiner großen Güte . . .“

Er hob seine weiße, abgezehrte Hand, als Mr. Farr widersprechen wollte.

„Nein“, sagte Mr. Huss. „Bevor Sie aber, meine Herren, Ihre Pflicht tun, möchte ich Ihnen ein paar Worte darüber sagen, was die Schule und meine damit verbundene Arbeit, und meine Arbeit in der Erziehung überhaupt, für mich bedeuten. Ich bin knapp über fünfzig. Vor einem Monat konnte ich noch durchaus mit zwanzig Jahren Arbeit vor meinem Ruhestand rechnen . . . dann brach diese Serie von Unglücksfällen über mich herein. Ich habe alle persönlichen Mittel verloren; es gab diese entsetzlichen Todesfälle in der Schule; mein Sohn, mein einziger Sohn . . . ist tot . . . das Unglück hat die Liebe meiner Frau und ihre Güte ins Wanken gebracht . . . und jetzt ist mein Körper so krank, daß mein Geist wie ein Schwimmer gegen die Wogen des Schmerzes ankämpft . . . weit weg vom Ufer . . . Das sind schwere Schicksalsschläge. Aber der schwerste Schlag, schwerer zu ertragen als alle, von denen ich gesprochen haben – und ich sage hier nichts unüberlegt, meine Herren, ich habe eine endlose Nacht darüber nachgedacht – der letzte Schlag wird es sein, wenn man mein Lebenswerk zunichte macht. Das wird mein Innerstes treffen, mein Herz und meine Seele . . ."

Er hielt inne.

„So dürfen Sie das nicht sehen, Mr. Huss", wehrte Mr. Dad ab. „Es so darzustellen, ist uns gegenüber nicht fair."

„Ich möchte, daß Sie mir zuhören", sagte Mr. Huss.

„Nur aus besten Motiven", fuhr Mr. Dad fort.

„Lassen Sie mir das Wort", sagte Mr. Huss mit der Stimme, mit der er Woldingstanton fünfundzwanzig Jahre lang regiert hatte. „Ich kann jetzt nicht herumreden und Ihnen widersprechen. Wir haben höchstens eine Stunde Zeit."

Mr. Dad brachte genau den Laut hervor, den ein Hund von sich gibt, wenn er zum Bellen angesetzt hat und unter den Tisch geschickt wurde. Eine Zeitlang sah er drein, als hätte man ihn mißhandelt.

„Meine Arbeit in der Schule zu beenden, heißt mein Leben beenden . . . Ich sehe nicht ein, warum ich mit Ihnen, meine Herren, nicht offen sprechen sollte in der Lage, in der ich mich derzeit befinde. Ich sehe nicht ein, warum ich nicht dieses eine Mal mit meinen eigenen Worten zu Ihnen sprechen sollte. Schmerz und Tod sind unsere Gesprächspartner; es ist dies ein seltener, schmerzhafter Augenblick; in ungefähr einer Stunde kann es geschehen, daß man meine Leiche in den Sarg legt und ich für immer still sein werde. Ich habe meine Religion verborgen, aber warum sollte ich das auch jetzt noch tun? Ihnen gegenüber bin ich immer so praktisch und selbstkritisch aufgetreten wie nur möglich, aber insgeheim war ich ein Fanatiker; und Woldingstanton war der Altar, auf dem ich mich meinem Gott hingegeben habe. Ich weiß, daß ich dort Schlechtes und Unzulängliches getan habe; ich war unduldsam und voreilig; das waren meine Schwächen; aber ich habe mein Bestes getan. Bis an die Grenze meiner Möglichkeiten und meines Wissens habe ich Gott gedient . . . Und jetzt, in der Stunde der Dunkelheit, wo ist der Gott, dem ich gedient habe? Warum steht er nicht hier zwischen mir und dieser letzten Wunde, die Sie der Arbeit schlagen wollen, die ich ihm gewidmet habe?“

Bei diesen Worten warf Mr. Dad Mr. Farr einen entsetzten Blick zu.

Aber Mr. Huss fuhr fort, als spreche er mit sich. „In der letzten Nacht habe ich in mein Herz geblickt. Ich habe in meinem Herzen nach niedrigen Beweggründen und geheimen Sünden gesucht. Ich habe mich selbst vor die Schranken des Gerichts begeben, um herauszufinden, warum Gott sich gerade jetzt vor mir verbirgt, und ich kann keinen Grund und keine Rechtfertigung dafür finden . . .

In der Bitternis meines Herzens erliege ich fast der Versuchung, Ihnen nachzugeben und Ihnen zu sagen, daß Sie die Schule nehmen und mit ihr tun und lassen sollen, was Sie wollen . . . Die Nähe des Todes macht Vertrautes schemenhaft und unwirklich, und für mich ist die Dunkelheit, die über mir hängt, viel greifbarer, sie gleicht dem Dunst, der manchmal um Mittag die Welt verhüllt, und verspottet mich Tag und Nacht mit der unaufhörlichen Aufforderung, Gott zu verfluchen und zu sterben . . .

Und warum verfluche ich Gott nicht und sterbe? Warum klammere ich mich an die Arbeit, wenn der Gott, dem ich sie gewidmet habe, stumm bleibt? Weil, so glaube ich, ich noch immer auf ein Zeichen von ihm warte. Weil ich noch nicht gänzlich geschlagen bin. Ich werde fortfahren, Ihnen zu sagen, warum ich will, daß Woldingstanton auf seinem jetzigen Kurs weitergeführt wird, warum es eine Art Mord ist, wenn Sie es Mr. Farr übergeben, selbst wenn meine Schmerzen zehnmal so groß wären, wie sie es jetzt sind . . ."

Als sein Name erwähnt wurde, fuhr Mr. Farr auf und blickte zuerst Mr. Dad und dann Sir Eliphaz an. „Also ich muß sagen", sagte er, „man könnte ja glauben, ich hätte eine Verschwörung angezettelt –"

„Ich fürchte, Mr. Huss", sagte Sir Eliphaz mit einer den Chemielehrer beruhigenden Geste, „daß der Vorschlag, Mr. Farr solle Ihr Nachfolger werden, in erster Linie von mir stammt."

„Sie müssen es nochmals überdenken", sagte Mr. Huss, feuchtete seine Lippen an und starrte geradeaus vor sich hin.

An dieser Stelle warf Mr. Dad mit ärgerlicher Stimme ein: „Befinden Sie sich wirklich in dem Zustand, Mr. Huss, derartige Dinge zu besprechen – mit Fieber und leidend, wie Sie es sind?"

„Ich könnte mich für diese Besprechung in keiner besseren Verfassung befinden", sagte Mr. Huss . . . „Und jetzt zu dem, was ich über die Schule zu sagen habe: Woldingstanton war, als ich es übernahm, eine ganz gewöhnliche Schule mit ungefähr siebzig Schülern und einem Lehrplan, der sich in ausgefahrenen Geleisen bewegte; es wurde wenig Latein und noch weniger Griechisch unterrichtet, gerade so viel, daß man behaupten konnte, es gebe Griechischunterricht; dazu Bruchstücke von mathematischen Gleichungen, ebenso wenig an Allgemeinbildung und englischer Geschichte – nicht die Geschichte von Menschen, das möchte ich betonen, sondern nur ein national gefärbtes Etwas, getrocknete Blumen aus der Vergangenheit ohne Wurzeln und Bedeutung, eine Idee Französisch ... Das war praktisch alles; es war keine Erziehung, sondern nur erzieherisches Getue. Und was ist aus dieser Schule inzwischen geworden?"

„Wir haben sie finanziell immer reichlich unterstützt", sagte Sir Eliphaz.

„Und sind Ihnen auch immer loyal zur Seite gestanden", flüsterte Mr. Farr halbherzig.

„Ich denke nicht an den sichtbaren Wohlstand. Die Häuser und Laboratorien und Museen, die um den ursprünglichen Kern gewachsen sind, bedeuten an sich nichts. Die Wirklichkeit einer Schule liegt nicht in ihren Gebäuden und der Schülerzahl, sondern in den Fragen des Denkens und der Seele. Woldingstanton ist zur Fackel geworden, an der sich Seelen entzünden. Ich habe dort eine Kerze entzündet – der Wind des Schicksals wird sie vielleicht zu einem weltumspannenden Feuer anfachen."

Während Mr. Huss diese Worte sprach, wurde er von seiner Begeisterung mitgerissen, und seine Schmerzen verschwanden aus seinem Bewußtsein.

„Was", sagte er, „ist die Aufgabe des Lehrers in dieser Welt? Es ist die größte aller Aufgaben des Menschen. Sie besteht darin, den Menschen, den göttlichen Menschen, in der Seele der Menschen zum Wachsen zu bringen. Denn wo bleibt ein Mensch ohne Unterweisung? Er wird geboren wie ein Tier, ist habgieriger Egoismus, ist würgendes

Verlangen, ein Spielball von Lüsten und Ängsten. Er bezieht alles nur auf sein eigenes Ich. Selbst seine Liebe ist ein Geschäft; und selbst sein eifrigstes Streben ist nichtig, denn er muß sterben. Wir Lehrer allein sind es, die ihn aus dieser ewigen Selbstbetrachtung herausheben können. Wir Lehrer ... Wir können ihn in einen viel größeren Ideenkreis einführen, Ideen, die über seine eigenen hinausreichen und ihn am Ende sich selbst und seine belanglosen persönlichen Ziele vergessen lassen. Wir können ihm die Augen für die Vergangenheit und Zukunft und das nie endende Leben des Menschen öffnen. Und so entrinnt er durch uns, und nur durch uns, dem Tod und der Vergänglichkeit. Ein ungebildeter Mensch ist eben nur er selbst, so einsam in seinen Zielen und seinem Schicksal, wie es nur ein Tier sein kann. Ein Mensch, dem Bildung zuteil geworden ist, ist aus dem engen Gefängnis seines eigenen Ichs herausgeführt zur Teilnahme an einem unendlichen Leben, das zu einer uns unbekannten Zeit begonnen hat, das über die Größe der Sterne hinauswächst ..."

Er sprach, als rede er zu einem anderen Zuhörer als den dreien, die vor ihm saßen. Mr. Dad nickte schweigend, mit hochgezogenen Augenbrauen und zusammengepreßten Lippen, Mr. Farr zu, als seien seine schlimmsten Vermutungen bestätigt worden, und alle Anzeichen deuteten darauf hin, daß Sir Eliphaz sprechen wollte, als Mr. Huss wieder das Wort ergriff.

„Fünfundzwanzig Jahre lang habe ich Woldingstanton geleitet, und während dieser ganzen Zeit habe ich den Blinden das Licht gezeigt. Ich habe Tausenden von Jungen Verständnis eingeflößt. Wir haben all die ausgeleierten Lernvorgänge, die schon tot waren, wieder zum Leben erweckt. Meine Jungen haben die Geschichte der Menschheit als ureigenes persönliches Abenteuer erfahren; sie haben die Geographie so verinnerlicht, daß sie heute die Welt besitzen; ich habe sie Sprachen so gelehrt, daß die Vergangenheit in ihnen wiederauferstanden ist und sich ihnen ein Tor zum Verständnis fremder Völker geöffnet hat. Die Naturwissenschaft hat die ihr zustehende Rolle gespielt; sie hat meine Jungen in die Geheimnisse der Materie und hinaus in das Sternenreich geführt ... Ich habe Farr und seine Technik immer in der ihnen zukommenden untergeordneten Stellung gehalten. Einige meiner Jungen sind heute schon erfolgreiche Geschäftsleute – weil sie eben mehr als Geschäftsleute sind ... Aber ich habe nie versucht, Geschäftsleute aus ihnen zu machen, und werde das auch nie tun. Meine Jungen sind Intellektuelle, Soldaten geworden, sind in die Welt hinausgegangen und haben Erfolg erlangt – ich habe dumme und widerwillige Schüler gehabt, aber fast alle sind als Herren ins Leben getreten, aufgeschlossen, mit guten Manieren, verständnisvoll und selbstlos, Meister ihrer selbst, als Diener der Menschheit, denn ihre Erziehung war ausschließlich dahin ausgerichtet, sie vor den gemeinen und niedrigen Dingen loszulösen. Als der Krieg kam, waren meine Jungen bereit ... Sie sind in den Tod gegangen – wie viele von ihnen sind in den Tod gegangen! Auch mein eigener Sohn ... ich habe deshalb nicht mit dem Schicksal gehadert ... Woldingstanton ist eine neue Schule; sie hat noch keine lange Tradition; die Liste ihrer ehemaligen Schüler ist derart zusammengeschmolzen, daß die kaum begonnene Tradition wie ein entwurzeltes Pflänzchen verwelkt ... Aber wir können weitermachen, die Tradition wird stärker werden, wenn meine Flamme weiterbrennt. Aber der Unterricht muß so fortgeführt werden, wie ich ihn geplant habe. Es muß so sein, es muß ... Was meine Jungen zu dem gemacht hat, was sie heute sind, war die Geschichte, waren die Naturwissenschaften, die Philosophie. Denn diese Dinge sind wahre Weisheit. Der Rest ist Übung und bloß erlerntes Wissen. Wenn die Schule fortbestehen soll, muß der Direktor ein Mann sein, der Geschichte unterrichten kann – Geschichte im weitesten Sinn; er muß Philosoph, Biologe und Archäologe und auch Geisteswissenschaftler sein. Und eine solche Aufgabe wollen Sie Farr übergeben! Farr! Farr hat sich nie auch nur im geringsten mit den Dingen beschäftigt, die das Um und Auf der Schule sind. Er kennt sie gar nicht. Sein Geist ist nicht aufgeschlossener als der eines professionellen Kricketspielers."

Mr. Dad stieß einen Laut der Ungeduld aus.

Der Kranke fuhr fort, die brennenden Augen auf Farr gerichtet, die Lippen blutleer.

„Er sieht Chemie und Physik nicht als Hilfe zum

Verständnis, sondern als Hilfe zum Geschäftemachen. Seitdem er in Woldingstanton ist, hat er insgeheim mit unseren Materialien in den Laboratorien gearbeitet und von einem gewinnbringenden Patent geträumt. Oh, ich kenne Sie, Farr! Haben Sie denn geglaubt, daß ich nichts bemerkt habe, bloß weil ich Sie nie zur Rede stellte? Hätte er ein gewinnbringendes Patent entwickelt, so hätte er am selben Tag noch das Lehramt zurückgelegt. Er wäre genauso wie Sie gewesen. Aber mit einer toten Phantasie kann man Dinge, die eines Patents würdig sind, nicht einmal erfinden. Er hat manchmal zu den Jungen vom britischen Weltreich gesprochen, aber für ihn ist es nichts anderes als eine Vereinigung von Händlern, die durch Zölle und Steuern zusammengehalten wird. Weiter nichts. Und er glaubt, daß wir gegen die Deutschen kämpfen, er glaubt, daß mein geliebter Sohn sein Leben hingegeben hat, daß die zahllosen anderen tapferen Jungen gestorben sind, damit wir anstelle der Deutschen als die alles beherrschenden Geschäftsleute dieser Welt auftreten. Das ist das Maß, nach dem er mißt. Er hat keine Religion, keinen Glauben, keine Hingabe. Warum will er an meine Stelle treten? Weil er so dienen will, wie ich gedient habe? Nein! Weil er mir mein Haus, mein Einkommen, meine leitende Stelle neidet. Gleich, ob ich am Leben bleibe oder sterbe, es ist unmöglich, daß Woldingstanton, mein Woldingstanton, unter seiner Hand gedeihen soll. Geben Sie es ihm, und es wird in kurzer Zeit tot sein."

5

„Meine Herren!“ protestierte Mr. Farr mit weißem, schweißbedecktem Gesicht.

„Ich habe keine Ahnung gehabt“, stieß Mr. Dad hervor, „ich habe keine Ahnung gehabt, daß es soweit gekommen ist.“

Sir Eliphaz deutete durch eine beschwichtigende Handbewegung an, daß sich seine Partner beruhigen mögen; er sah, daß es für ihn an der Zeit war, zu sprechen.

„Es ist bedauerlich“, begann Sir Eliphaz.

Er ließ die Hände hängen und griff dann nach der Sitzfläche seines Stuhls, als wolle er sich daran festklammern, und starrte auf den Horizont, als wolle er eine in der Ferne sichtbare Inschrift entziffern. „Sie haben einen Ton in diese Besprechung gebracht“, probierte er noch einmal.

Der dritte Versuch war endlich von Erfolg gekrönt. „Es ist äußerst schmerzlich für mich, Mr. Huss, daß ich in der Stunde, in der Sie am Rand des großen Abgrunds stehen, zu Ihnen anders als in herzlichen und hilfreichen Tönen sprechen muß. Aber es ist meine Pflicht, es ist unsere Pflicht, an den Prinzipien festzuhalten, die uns als Aufsichtsräte von Woldingstanton immer geleitet haben. Sie sprechen, und das muß festgehalten werden, mit äußerster Arroganz von einer Einrichtung, zu der wir alle hier in gewissem Maß beigetragen haben;

Sie sprechen so, als wären Sie, und Sie allein, deren Schöpfer und Leiter. Sie müssen mir verzeihen, Mr. Huss, daß ich Sie an Tatsachen erinnere, an die ewigen Wahrheiten der Geschichte. Die Schule, mein Herr, wurde zur Zeit Königin Elisabeths gegründet, und viele brave Männer haben sie bis zu dem Zeitpunkt geführt, bis ein unglückseliger – eine Änderung in der Finanzstruktur zu einer zeitweiligen Einstellung führte. Die Charity Commissioners übernahmen sie nach einer gerichtlichen Untersuchung vor ungefähr fünfzig Jahren, und es ist hauptsächlich der Großzügigkeit der Innung der Papiererzeuger zu danken, zu denen auch Mr. Dad und ich gehören, daß die Schule den Aufschwung genommen hat, der unter Ihrer Leitung zustande gekommen ist. So ungern ich Ihnen widerspreche, Mr. Huss, während Sie Schmerzen und Furcht unterworfen sind, so muß ich Sie doch an alle diese Dinge erinnern, die Ihre Arbeit erst möglich gemacht haben. Ohne Lehm kann man keine Ziegel machen, und Sie hätten Woldingstanton nicht ohne das Geld bauen können, das jener Geschäftssinn hervorgebracht hat, für den Sie eine derart unqualifizierte Verachtung zeigen. Es waren wir armseligen Geschäftsleute, die bauten, die gaben . . .“

Mr. Huss hob zu sprechen an, schwieg aber dann doch.

„Genau das meine ich auch“, sagte Mr. Dad und wandte sich um Bestätigung an Mr. Farr. „Die Schule ist vor allem eine moderne, auf den Handel ausgerichtete Schule. Und so sollte sie auch geführt werden."

Mr. Farr nickte mit weißem Gesicht unergründlich und sah Sir Eliphaz an.

„Ich hätte mich davor gehütet, Mr. Huss, zu einem so ernsten Anlaß unsere persönlichen Leistungen zu erörtern, aber da Sie es so haben wollen und Erwiderung herausfordern . . ."

Er wandte sich an seine Partner, als suche er ihre Unterstützung.

„Weiter", sagte Mr. Dad, „Tatsachen sind Tatsachen."

6

Sir Eliphaz räusperte sich und fuhr fort, am Horizont zu lesen.

„Mr. Huss, ich habe diese Punkte sozusagen als Einleitung gebracht. Was ich wirklich sagen will, geht viel tiefer. Bis jetzt habe ich mich nur mit den Fragen beschäftigt, welche Sie in bezug auf uns aufgeworfen haben; Sie führen Ihre Rechtschaffenheit uns gegenüber ins Treffen, halten uns unsere Irrtümer vor und fegen unsere Ansichten einfach beiseite. Die Schule muß nach Ihren Gesichtspunkten weitergeführt werden; der Unterricht muß Ihren Plänen folgen. Eine andere Meinung können Sie sich einfach nicht vorstellen. Gott behüte mich davor, auch nur ein Wort zur Verteidigung meiner eigenen Person zu sagen; ich habe sowohl meine

Zeit als auch mein Geld großzügigst zur Verfügung gestellt; meine Sekretäre könnten eine Aufstellung machen, wieviel es war; aber ich erhebe keinerlei Ansprüche . . . keinerlei . . .

Aber lassen Sie mich jetzt diese Diskussion auf eine breitere und gewichtigere Basis stellen. Nicht nur wir und unsere armseligen Ansichten sind es, gegen welche sie Anklage erheben. Aus Ihrem Mund, Mr. Huss, sind seltsame Worte gedrungen, die ich mit Erstaunen und Schmerz von Ihnen höre. Sie haben nicht nur von der Undankbarkeit des Menschen, sondern auch von der Undankbarkeit Gottes gesprochen. Ich habe meinen Ohren kaum getraut, aber ich habe selbst gehört, wie Sie sagten, daß Gott schweige, nicht bereit sei, zu helfen, und Sie verlassen habe. Trotz aller Ihrer unbestrittenen Verdienste . . . so wie Sie jetzt vor dem großen Unbekannten stehen, bitte ich Sie sehr ernsthaft, alles zu überdenken, was Sie da gesagt haben.“

Sir Eliphaz schien sich in Meditationen zu verlieren. Aber wie ein Geier stürzte er sich dann wieder auf sein Opfer. „Ich bin sicher der letzte, der seine religiöse Überzeugung einem anderen aufdrängen will . . . ich trage meine Religion nicht zur Schau, Mr. Huss, wirklich nicht. Viele Menschen halten mich sogar für einen Ungläubigen. An dieser Stelle aber muß ich ein Bekenntnis ablegen. Ich verdanke Gott sehr viel, Mr. Huss . . .“

Er starrte den Kranken böse an. Einen Augenblick lang ließ er die Lehne seines Stuhles los und holte mit seiner haarigen, klauenähnlichen Hand aus. „Ihre Einstellung meinem Gott gegenüber ist eine wesentlich größere Beleidigung für mich, als es jeder Angriff auf meine Person sein könnte. Unter seinen läuternden Schlägen, unter Heimsuchungen, welche demütigere Menschen, als Sie einer sind, dankbar als Lehre und Warnung hinnehmen würden, werden Sie stolzer, selbstgerechter, frecher – es ist dieses Wort nicht zu hart –, frecher, Mr. Huss, als Sie es selbst damals waren, als wir zum Gründungsfest im Festsaal der Schule von Ihnen belehrt wurden, als Sie uns diktierten, daß Sie hier einen Anbau, dort ein Museum oder einen Schauraum brauchten oder weiß Gott was sonst noch, und keine andere Meinung zuließen und unsere Spenden als Selbstverständlichkeit ansahen ... Sie wollen die Gnade eines Geschenks weder bei Menschen noch bei Gott anerkennen ... Können Sie, Mr. Huss, denn nicht sehen, wie falsch Ihr Standpunkt ist? Darüber möchte ich jetzt mit Ihnen sprechen. Gott schlägt den Menschen nicht ohne Grund. Diese Welt unterliegt einer großen Absicht, und kein Sperling stirbt, wenn Er nicht will, daß dem so ist. Kennen Sie Ihr Herz denn so gut? Hat Sie denn nichts von dem, was geschehen ist, vermuten lassen, daß Ihr Betragen und die Art, in der Sie Woldingstanton leiten, vielleicht für Gott kein so willkommenes Opfer ist, wie Sie es sich einbilden?"

Sir Eliphaz hielt ein, um Mr. Huss die Möglichkeit zu geben, das Wort zu ergreifen, fuhr aber fort, als keine Antwort kam: „Ich bin ein alter Mann, Mr. Huss, und habe viel von der Welt gesehen, vor allem von der Welt der Finanzen und Industrie, eine Welt, in der sich Möglichkeiten rasch ergeben, Versuchungen urplötzlich auftauchen. Ich habe das Leben vieler vielversprechender junger Männer beobachtet, welche alle unter dem Eindruck standen, daß man nur auf sie gewartet hat; ich habe mehr Pläne und Unternehmen, große oder großartige, gesehen, als ich mich gerne daran erinnere. Die Entwicklung von Woldingstanton von einer einfachen Dorfschule, die auf einer Stiftung beruhte, bis zu seiner heutigen Größe war für mich nur ein untergeordnetes Ereignis, eine Ferienspielerei, eine Nebenhandlung auf einer übervollen Bühne. Meine Erlebnisse fanden in viel größerem Rahmen statt. In weit größerem. Und bei allem, was ich erlebt habe, habe ich nie gesehen, daß ein ehrlicher Mensch untergegangen ist oder ein unschuldiger Geschäftsmann – vorausgesetzt, er hatte die notwendige Vorsorge walten lassen – zugrunde gerichtet wurde. Es gibt immer Höhen und Tiefen, für die Guten wie auch für die Schlechten. Ich habe erlebt, wie Narren Erfolg hatten – aber eben nur für eine gewisse Zeit. Ich habe die Machinationen von äußerst verschlagenen Menschen beobachdet . . ."

Sir Eliphaz schüttelte langsam den Kopf, und die Haare wehten dabei mit.

Er zögerte einen Augenblick und entschloß sich dann, seine Zuhörer mit Auszügen seiner Biographie zu beehren.

„Erst vor kurzem", begann er, „kam ein Mann zu uns, als wir eben unsere Produktionsstätte großzügig ausbauten. Er war ein sehr überzeugender, energischer junger Mann, ein amerikanischer Armenier. Irgendwoher hatte er erfahren, daß wir aus Feldspat gewonnenes Kaolin verwenden wollten, ein Nebenprodukt des neuen Pottascheverfahrens, und er hatte einen Plan entwickelt, wie man den Londoner Ton auswaschen könne, welcher seinen Angaben nach ein gleichwertiges Kaolin wie das norwegische liefern würde, dies aber zu einem Zehntel des Preises. Das hätte unsere Gestehungskosten um ungefähr dreißig Prozent verringert, ganz zu schweigen von den Frachtkosten. Verzeihen Sie mir diese Abschweifung ins Technische. Allem Anschein nach war es eine durch und durch seriöse Sache. Nur wußte ich die ganze Zeit, daß sein Rohmaterial einen gewissen Anteil an Schwefel enthielt und daher zur Herstellung eines dauerhaften Bausteins ungeeignet war. Dies hätte uns aber nicht daran hindern können, das Baumaterial ungestraft zu verkaufen und zu verwenden. Wir hätten es ja nicht wissen müssen. Niemand hätte uns zur Verantwortung ziehen können. Die Sache erschien so einfach und sicher, und ich gebe zu, daß sie mich eine Zeitlang wirklich in Versuchung führte. Aber dann, Mr. Huss, trat Gott dazwischen. Ich erhielt eine geheime Nachricht. Ich möchte Ihnen das alles in gutem Glauben und in aller Einfachheit erzählen. In der Nacht, als alles schlief, wachte ich auf. Ich war in einem Zustand entsetzlicher Angst; ich zitterte am ganzen Körper; ich setzte mich im Bett auf und fürchtete mich fast davor, den Lichtschalter anzudrehen; die Haare standen mir zu Berge. Ich konnte nichts sehen, konnte nichts hören, aber mir schien es, als wäre ein Geist vor meinem Gesicht vorbeigeflogen. Und trotz der großen Stille schien etwas zu mir zu sprechen: ‚Was ist mit Gott, Sir Eliphaz? Hast du ihn denn wirklich vergessen? Wie kannst du, der in Häusern aus Lehm wohnt, die auf Sand gebaut sind, seinem Gericht entkommen?' Das war alles, Mr. Huss, weiter geschah nichts. ‚Auf Sand gebaut!' Das hatte den Kern der Sache getroffen. Mr. Huss, ich bin kein religiöser Mensch, aber ich habe den Armenier fortgeschickt."

Mr. Dad stieß einen Laut aus, der vermuten ließ, er hätte dasselbe getan.

„Ich erwähne dieses Erlebnis, dieses Eingreifen – und es ist nicht das einzige, von dem ich Ihnen berichten könnte –, weil ich möchte, daß Sie meine Ansicht verstehen: ich glaube, wenn ein Unternehmen, selbst wenn es so fair und ehrlich erscheint wie die Schule von Woldingstanton, plötzlich abbröckelt und verdorrt, dann heißt das, daß irgendwie, irgendwo die falsche Sorte Lehm hineingebaut wurde. Es heißt nicht, daß Gott irrt und Sie betrügt, sondern daß Sie irren. Sie sind sicherlich ein großer und berühmter Lehrer, Mr. Huss, nicht zuletzt dank des Podestes, das wir für Sie errichtet haben, aber Gott ist ein größerer und berühmterer

Lehrer. Ihn haben Sie ganz offenkundig nicht überzeugt, selbst wenn Sie uns davon überzeugt hätten, daß Woldingstanton in seinem gegenwärtigen Zustand ideal ist . . .

Das ist de facto alles, was ich zu sagen habe. Wenn wir in aller Demut vorschlagen, die Schule auf neue und weniger hochfliegende Wege zu führen, und Sie uns dies verwehren wollen, so ist dies unsere Antwort. Hätten Sie so richtig und so klug gehandelt, wie Sie es uns darstellen, dann wären Sie jetzt nicht in dieser Lage, und diese Diskussion hätte niemals stattgefunden."

Er hielt inne.

„Sehr wahr und aufrecht gesprochen", sagte Mr. Dad. „Sir Eliphaz, Sie haben meine Meinung besser wiedergegeben, als ich es je gekonnt hätte. Ich danke Ihnen."

Er hüstelte.

7

„Die Frage, die Sir mir gestellt haben, habe ich mir auch schon selbst gestellt", sagte Mr. Huss und dachte eine Zeitlang sehr angestrengt nach . . .

„Nein, ich fühle mich nicht eines Unrechts überführt. Ich glaube noch immer, daß die Arbeit, die ich mir zum Ziel gesetzt habe, richtig ist, rechtens in Idee, Vorsatz, Plan und Methode. Sie fordern mich auf zu bekennen, daß mein Glaube von mir abgefallen ist; und doch war er nie so stark wie heute. In meinem Herzen ist ein Gott, zumindest hier ist ein Gott, der mich immer richtig geleitet hat und mich auch heute leitet. Mein Gewissen ist rein. Die Heimsuchungen, die Sie als Strafgericht und Warnungen ansehen, sehe ich nur als unerklärliche Katastrophen. Die Vorfälle verwirren mich, aber sie nehmen mir nicht den Mut. Sie kommen mir wie sinn- und beziehungslose Ereignisse vor."

„Das ist ja schrecklich", sagte Mr. Dad zutiefst schockiert.

„Sie, Sir Eliphaz, drängen mich weg von der Besprechung der Schulangelegenheiten, fort zu grundlegenderen Problemen. Sie haben die Frage einer moralischen Regierung für die ganze Welt aufgeworfen, eine Frage, die mich seit meinem ersten Augenblick hier in Sundering beschäftigt hat, die Frage, ob ein Mißerfolg tatsächlich Verdammnis, ein Erfolg aber Gottes Gnade bedeutet. Sie glauben, daß der große Gott der Sterne und Meere und Berge sich mit unserem Leben beschäftigt und darauf reagiert. Sein Sinn für Gerechtigkeit ist derselbe wie der unsere; seine Ziele sind dieselben wie die unsern. Ihr Wohlstand ist das Wahrzeichen für Ihre Übereinstimmung mit dem höchsten Gott . . ."

„Soweit möchte ich nicht gehen", unterbrach ihn Mr. Dad. „Nein. Seien wir nicht anmaßend."

„Und mein Unglück ist das Zeichen seiner Mißbilligung. Das habe ich auch geglaubt; ich habe geglaubt, daß die Gerechtigkeit des Schullehrergewissens dieselbe sein muß wie die Gerechtigkeit des Schicksals, auch ich habe mich von dem Gedanken verführen lassen, daß Wohlstand ein Zeichen der Anerkennung ist; aber diese Reihe von niederschmetternden Ereignissen, welche in Ihrem Vorschlag gipfelt, alles, was mein Leben und seine Bedeutung ausmacht, auszulöschen, stellt mich vor die grundlegende Frage, ob der Lenker des großen Universums, der Gott der Sterne, irgendeine Beziehung zu unserem Gewissen und den Bemühungen des Menschen hat, recht zu handeln, oder an diesen Dingen überhaupt interessiert ist. Das ist die Frage, die durch die Äonen zu mir dringt. Bis jetzt habe ich mich immer als Christ bekannt . . ."

„Das möchte ich auch hoffen", sagte Mr. Dad, „vor allem im Hinblick auf die Statuten, welche sich auf die Gründung unserer Schule beziehen."

„Denn, so verstehe ich es zumindest, die Glaubensbekenntnisse besagen in einem schönen Bild, daß der Gott, der in unseren Herzen wohnt, eins ist mit dem Vater aller Dinge und zur selben Zeit mit seinem geliebten Sohn, der immer und ewig aus dieser ewigen Vaterschaft gezeugt wird und am Kreuze nur stirbt, um zu siegen. Er ist in unser armes Leben gekommen, um uns endlich zu ihm emporzuheben. Glaubt man dies aber, so muß man an die Bedeutung und Weiterführung aller menschlichen Bestrebungen glauben. Das Leben des Menschen muß sein wie das Feuer, das sich immer weiter verbreitet. Wenn Recht und Unrecht zusammen ohne Unterschied untergehen, wenn es zielloses und fruchtloses Leiden gibt, wenn es keine Hoffnung auf ewiges Leben als Folge alles Guten gibt, dann hat ein Glaube wie das Christentum keine Daseinsberechtigung. Dann ist er ein bloßer Aberglaube von Priestern und Opfern, und ich habe Dinge hineingelegt, die niemals wahr gewesen sind. Das Windlicht unseres Glaubens brennt in stürmischer Dunkelheit, die keinen Morgen kennt."

„Nein", sagte Sir Eliphaz, „nein. Wenn in Ihrer Arbeit Gott wohnt, dann können wir sie nicht zerstören."

„Sie tun Ihr Bestes", sagte Mr. Huss, „und jetzt bin ich nicht einmal sicher, daß Sie versagen werden . . . Es hat eine Zeit gegeben, da hätte ich Ihnen Trotz geboten, aber jetzt weiß ich nicht . . . Ich bin lange und schreckliche Tage hier gesessen und nicht enden wollende Nächte wach gelegen; ich habe an viele Dinge gedacht, die der Mensch in den Tagen des Wohlstands aus seinem Gedächtnis verdrängt; und ich bin mir nicht mehr sicher, ob die Welt um uns herum oder der Plan des Schicksals gut ist. Vielleicht ist es nur in unseren Herzen, daß das Licht Gottes leuchtet – und zaghaft leuchtet. Wo wir dachten, daß ein Gott, uns ähnlich, das Universum lenkt, ist vielleicht nur schwarze Finsternis und eine Kälte, die schlimmer als Grausamkeit ist."

Mr. Dad wollte ihn unterbrechen und hielt sich nur mit größter Anstrengung zurück.

„Es ist ein Gemeinplatz pietistischer Schriften,

daß Natürliches vollkommen ist und die ganze Welt, gäbe es nicht den Menschen in seiner Sünde, vollkommen wäre. Paley, wie Sie sich erinnern werden, Sir Eliphaz, erklärt in seinen ‚Beweisen für das Christentum‘, unter denen wir beide gelitten haben, daß diese unsere Erde ganz offenkundig zum Glück jener fühlenden Wesen geschaffen wurde, die darauf leben. Aber ich bitte Sie, ein wenig und leidenschaftslos darüber nachzudenken, ob das Leben in allen seinen Phasen, bis hinauf zum Menschen und ihn einschließend, nicht eher ein System der Unsicherheit, fehlerhafter Genugtuung und echten Unglücks ist . . .“

8

„Kommen wir nicht ein wenig von der eigentlichen Fragestellung ab?“ platzte Mr. Dad heraus. „Vom Wesentlichen, wie ich sagen würde? Was soll dieses Herumreden und dieses Verhör, Mr. Huss? Was haben wir davon? Hilft es uns auch nur im geringsten? Warum sollten wir uns mit dem allen befassen? Warum können wir nicht demütig sein und diese tiefschürfenden Fragen denen überlassen, die zu ihrer Beantwortung berufen sind? Wir kennen die inneren Zusammenhänge nicht. Wir können sie nicht kennen. Nehmen Sie sich und Mr. Farr, beide hauptberuflich Lehrer, wenn man so sagen darf; nehmen Sie Sir Eliphaz, der sich Tag und Nacht abmüht, um für die Massen geeignete, billige Wohnungen zu bauen, für die sie ihm wahrscheinlich nicht einmal danke schön sagen würden, wenn sie ihn träfen; nehmen Sie mich, einen überarbeiteten Ingenieur mit viel zuwenig Personal, dazu noch die äußerst ungerechten und unmöglichen Forderungen der Arbeiterschaft, bei der man nie weiß, woran man ist und was sie als nächstes verlangen wird. Und wir beginnen in dieser Situation über die Güte Gottes zu räsonieren!

Wir sind vielbeschäftigte Männer, Mr. Huss. Was wissen *wir* schon darüber, ob die Welt darin besteht, daß man nie die volle Genugtuung findet? Wie hängt das alles zusammen? Was ist der praktische Wert? Das sind alles nur Worte, Worte, die uns von der einfachen, bestimmten Frage wegführen, über die wir hier sprechen und die wir ein für allemal bereinigen wollten. Ich gebe zu, daß ich mich bei solchen Gesprächen unbehaglich fühle. Für mich gelten die Bibel und die einfache Religion, die ich auf den Knien meiner Mutter gelernt habe. Das genügt mir! Können wir denn nicht einfach glauben und alle diese Fragen beiseite lassen? Was ist der Mensch in Wirklichkeit? Nach all seinen Streitigkeiten? Ein Wurm. Nichts als ein Wurm! Dann sollten wir aber auch den Anstand haben und uns wie Würmer benehmen und das tun, was wir in diesem Leben tun sollen, in das uns zu stellen es Gott gefallen hat. Das ist meine Meinung", sagte Mr. Dad.

Er riß den Kopf zurück, hüstelte kurz, richtete

seine Krawatte und nickte Mr. Farr entschlossen zu.

„Eine einfache, problemlose, kaufmännische und technische Ausbildung", fügte er als eine Art von erläuterndem Nachsatz hinzu. „Das ist es, was wir brauchen."

9

Mr. Huss starrte Mr. Dad einige Augenblicke geistesabwesend an und fuhr dann fort:

„Betrachten wir die Welt um uns herum einmal nüchtern. Was ist das wahre Ziel des Lebens? Gibt es auch nur den geringsten Beweis für die Annahme, daß unsere Begriffe von Gerechtigkeit und Glück sich irgendwo im Universum wiederfinden? Gibt es zum Beispiel so etwas wie Glück bei den Tieren? Sind Gesundheit und Wohlbefinden der Normalzustand eines Tieres?"

Er hielt inne. Mr. Dad stand auf und sah, den Rücken Mr. Huss zugekehrt, aus dem Fenster. „Er zerreißt die Natur in kleine Stücke", meinte er über die Schulter. Dann drehte er sich um und fragte eindringlich, wobei etwas wie Bitterkeit in seiner Stimme mitschwang: „Und nehmen wir also an, daß die Dinge so sind – was für einen Sinn hat es, unsere Aufmerksamkeit besonders darauf zu lenken? Wo ist der Nutzen?"

Aber Sir Eliphaz' Haltung drückte Bereitschaft zuzuhören aus.

„Bevor ich zu krank wurde, um das Haus zu verlassen“, sagte Mr. Huss, „ging ich einmal in der Umgebung spazieren. Ich war schon müde, als ich fortging, aber mich trieb das fast unwiderstehliche Verlangen, das einen manchmal befällt, seine unmittelbare Umgebung zu verlassen. Ich wollte aus diesem elenden Raum fort, ich wollte allein sein, nicht gestört werden, in Ruhe und Frieden meinen Gedanken nachhängen. Der Tag draußen verhieß Gutes, die Sonne schien, eine leichte Brise wehte. Ich hatte von einem Wald gehört, ungefähr eine Meile im Landesinneren, und vor mir stieg der Gedanke an Kühle, dunkles, schattiges Grün und an die Gesellschaft von scheuen, sanften Tieren auf. Und so ging ich hinaus in die Hitze, in den trockenen, salzigen Ostwind, durch die sengende Sonne und tiefen Schatten, über viel mehr Felder, als ich erwartet hatte, bis ich endlich zu einem Stückchen Wald und dahinter zu einem verwahrlosten Park kam, und dort setzte ich mich ein Weilchen nieder und ruhte mich aus . . .

Aber ich fand keine Ruhe. Die Wiese war schmutzig, denn es weideten zu viele Schafe auf ihr, und im Gras versteckt wuchsen viele niedrige, stachelige Disteln; und schon nach kurzem bemerkte ich unzählige Erntemilben, diese winzigen roten Tierchen, die man auf kalkigem Boden findet und die sich in die Haut bohren und einen fast unerträglichen Juckreiz hervorrufen. Ich stand wieder auf und ging weiter in der Hoffnung, einen Zaun oder ein Gatter zu finden, auf dem ich mich etwas bequemer ausruhen könne. Aber um mich herum schwirrten Fliegen und Mücken, viel mehr als hier, und wurden immer lästiger. Sie umgaben mich in einer surrenden Wolke, und ich mußte sie die ganze Zeit mit meinem Spazierstock abwehren. Ich war zu müde, um den ganzen Weg zurückzugehen, aber ich wußte, daß sich in einiger Entfernung ein Dorf befand, wo ich irgendein Fahrzeug zu finden hoffte . . .

Und als ich also müde weitertaumelte, begegnete ich Dingen, die meiner Stimmung so entsprachen, als hätte sie ein Feind dorthin gestellt. Das erste war ein ganz junger Hase, kaum so lang wie meine Hand, den irgendein grausames Etwas aus seinem Bau geschleppt hatte. Sein Hinterkopf war aufgerissen, zerfetzt und blutig, und wie ein Schwarm von Zeugen erhoben sich die Fliegen aus dem Blut und flogen in mein Gesicht. Und als ich weiterging und versuchte, meine Gedanken vom Anblick des erbarmungswürdigen kleinen Tieres loszureißen und einen freundlicheren Anblick zu finden, entdeckte ich in einem Dornbusch eine Reihe von kleinen braunen Dingen, und als ich näherkam, sah ich, daß es die Opfer eines Würgers waren – Käfer, junge Vögel und Mäuse –, die auf die Dornen aufgespießt waren. Ihre Körper waren schmerzverkrampft, als hätten sie alle entsetzlich gelitten und wollten mich durch ihre letzte Bewegung dazu auffordern, mich zwischen ihnen und ihrem Schöpfer zu entscheiden . . . Und ein wenig später lief mir plötzlich eine magere, häßliche Katze mit schwarzem Fell, an manchen Stellen kahl, über den Weg; sie trug etwas im Maul, das sie bei meinem Anblick zu meinen Füßen fallenließ, einen schönen, bunten Vogel, halb zerfetzt, der verzweifelt mit den Flügeln schlagend in torkelnden Kreisen auf der Wiese herumtaumelte und unfähig war, sich in die Luft zu erheben. Schwache, sinnlose Wut überkam mich bei diesem Anblick, und als ich sah, daß die Katze einige Schritte vor mir stand und mich ansah, als wolle sie ihr Opfer wieder holen, stürzte ich mich auf sie und lief ihr schreiend nach. Dann fiel mir ein, daß es angemessener wäre, nicht die elende Katze sinnlos zu verfolgen, sondern zurückzugehen und dem Leiden des Vogels ein Ende zu bereiten. Eine Zeitlang konnte ich ihn nicht finden und suchte ihn stöhnend und fluchend unter den Büschen. Als ich ihn fand, wehrte er sich mit seinen Flügeln und seinem Schnabel gegen mich und gab mir das Gefühl, ich wäre sein Mörder und nicht sein Erlöser. Ich erschlug ihn mit meinem Stock, und als er sich noch immer bewegte, zertrampelte ich ihn mit den Füßen. Ich flüchtete vor der kleinen Leiche voll von Schmerz. ‚Und diese lebende Hölle', rief ich, ‚ist Gottes Schöpfung!'"

„Wie!" rief Mr. Dad.

„Ganz plötzlich fiel es mir wie Schuppen von den Augen, und die ganze Welt lag hüllenlos vor mir. Es war, als hätte das Universum die Maske abgelegt, die es bis jetzt getragen hatte, und mir sein Gesicht gezeigt, ein Gesicht des hemmungslos

Bösen . . . Es war, als säße eine Macht der Dunkelheit über mir und beobachtete mich mit einem spöttischen Blick, und während des ganzen Tages konnte ich an nichts anderes denken als an das Elend alles Lebenden. Man folterte mich, und mit mir alles Lebendige ringsum. Ich fand das Dorf nicht, das ich suchte; ich kam weit vom Wege ab und traf endlich nach Einbruch der Dunkelheit hier ein, wobei ich manchmal hatte stehenbleiben müssen, weil mir übel war, und hatte mich niedergekniet oder niedergelegt, um auszuruhen, und zitterte und brannte im steigenden Fieber.

Ich war, wie Sie wissen, der erste gewesen, der den armen Williamson in der Säure liegen sah; diese entsetzliche Gestalt und die verkohlten Körper der beiden Knaben, die bei dem Brand umgekommen sind, verfolgen mich ständig; aber was mich an dem Tag, an dem mir die Natur ihre Zähne zeigte, am meisten bedrückte, war das Elend der Tiere. Ich weiß nicht, warum mir gerade das so viel schlimmer erschienen war, und auch tiefgreifender, aber es war so. Menschliches Leiden wird vielleicht durch Fragen der Moral belastet; der Mensch kann in Vergangenheit und Zukunft blicken und außerhalb des gegenwärtigen Zustandes Gründe und Trost finden für das, was ihm zustößt; aber die armen Vögel und Tiere haben nur das, was sie im Augenblick erleben, und es ist ihr eigenes Leben, das zerstört wird. Wie kann ein Plan, der sich mit ihnen befaßt, gerecht sein? Ich habe Tier um Tier an meinem geistigen Auge vorbeiziehen lassen und keines gefunden, daß zwischen allen seinen Leiden mehr als einen zufälligen Strahl eines falschen, flüchtigen Genusses erlebt. Und heute, meine Herren, wo ich Ihnen hier gegenübersitze, durchziehen mich dieselben düsteren Gedanken. Ich spüre, daß das Leben ein schwaches, zielloses Zappeln im Staub von Raum und Zeit ist, das nicht einmal mit den angeborenen Schwierigkeiten fertig wird, zu Phasen von Wahnvorstellungen, zu sinnlosen und unverdienten Strafen, nutzloser Klage, und schließlich zum Tod führt.

Gibt es auf der ganzen Welt ein einziges gesundes Lebewesen? Ich bezweifle es. Als ich an jenem Tag spazierenging, sah ich die Bäume, wie ich sie noch nie gesehen hatte. Keinen einzigen sah ich, der nicht einen gebrochenen oder verfaulten Ast hatte, der nicht die Spuren der abgebrochenen Äste trug, deren Narben langsam in den Stamm hineinfaulten; auf jeder Gabelung saßen die dunklen Flecken der Verwesung, die Rinde war rissig und faulig, und wuchernde Pilze verkündeten die verborgene Krankheit. Die Blätter waren voll von Warzen und Flecken und von Myriaden kleiner Feinde angenagt. Und ich bemerkte auch, daß die Wiese unter meinen Füßen abgetreten, versengt und alt war; in ihren Netzen fingen die Hunderten Spinnen alle möglichen Insekten im herbstlichen Unterholz; und die Hecken bestanden aus einzelnen Pflanzen, die im ständigen Widerstreit zwischen Vorwärtsdrängen und Erdrosseltwerden lagen, und jede einzelne Pflanze war mehr oder weniger verkrüppelt oder verkümmert. Die meisten dieser Pflanzen waren wie Mörder ausgerüstet; sie trugen spitze Dornen oder stachelige Haare; auf einigen reiften giftige Beeren. Und das war das Leben, wie es immer ist; das war nicht ein außergewöhnlicher Zustand, sondern die Dinge enthüllten sich so, wie sie geschaffen worden waren. Bis dahin war ich blind gewesen, jetzt sah ich. Und wie diese Wälder und Hecken waren, so war die ganze Welt . . .

In einem Buch, das ich hier im Zimmer gefunden hatte, hatte ich von den Dschungeln Indiens gelesen, welche von den meisten Menschen für eine Anhäufung herrlicher, üppiger Pflanzen gehalten werden.

Während des größten Teil des Jahres sind sie heiße, dornige Einöden voll von toter, verfaulender Materie. Wenn der dampfende Regen schlagartig niederprasselt, dann entsteht für kurze Zeit ein ineinander verstricktes Grün, das sich gegenseitig den Platz wegnimmt, erstickt, von einer Menge von Tieren zerfetzt und verschlungen wird und eine entsetzliche Vielfalt von Insekten hervorbringt, welche der feuchte Dunst geweckt hat. Dann aber vergeht diese Vielfalt unter dem heißen Atem des Zerstörers und schwindet dahin, alles reift und fällt ab, und der Dschungel versinkt wieder in dumpfe Hitze und düstere Fäulnis. Und so ist in Wahrheit die Zeit des Wachsens überall ein wildes Ringen, ans Licht zu dringen, und während des restlichen Jahrs ein einziges Massaker. Selbst in unserem britischen Klima wissen wir nicht, wie der Sommer das üppige Versprechen des Frühlings überdauert. In unserem Frühling liegt zweifelsohne ein Hauch von Hoffnung, von Knospen und Blühen; die Vögel bauen ihre Nester, sie singen, eine gewisse Frische liegt in der Luft, Ursprüngliches und vergleichsweise Unschuldiges entsteht; aber dieser Frische folgen auf dem Fuß Seuchen und Parasiten, diese Geschöpfe, welche alles verderben und stechen, die Herolde von Verderben, Schmerz, Gleichgültigkeit und Fieber . . .

Sie können mir jetzt vorwerfen, daß ich mich zu sehr mit den Fehlern des pflanzlichen Lebens beschäftige, welche ich nicht spüre, und mit dem der Insekten und Kleintiere, die vielleicht in einer anderen Weise als wir fühlen; aber auch ihr Tod und ihre Unvollkommenheit machen das Gebäude unseres Lebens aus. Selbst die lebendigen Dinge leben nur halb. Sie können mir vorhalten, daß zumindest die selteneren, größeren Tiere ein wenig Freude und Würde in die Welt bringen. Aber denken sie nur einmal an die Pflanzenfresser; sie werden immer gejagt; Angst ist ihre Grundhaltung; selbst der große indianische Büffel flieht in panischer Angst. Sie werden unentwegt von Schwärmen von Insekten geplagt; wenn sie nicht apathisch sind, dann scheinen sie zornig, unzufrieden mit ihrem Leben; ihre Brunft scheint eine Quelle der Qual für sie, in welcher sie entsetzlich brüllen, einander verfolgen und erbittert bekämpfen. Tiere wie das Rhinozeros oder der Büffel sind ständig gereizt; aus unerfindlichen Gründen laufen sie Amok, genauso wie viele Elefanten, die einen angeborenen Widerwillen gegen alles andere Lebendige aufweisen . . .

Und wenn wir uns den großen Raubtieren zuwenden, die doch die Herren des Dschungels sein sollten, dann erscheint ihr Schicksal um kein Haar besser. Der Tiger lebt ein Leben der Angst; ein schmutziger Fetzen läßt ihn vom Weg zurückscheuen. Ein großer Teil seines Lebens besteht aus Hunger; tötet er, dann frißt er gierig, bis zur Grenze des Erträglichen; danach liegt er im Unterholz, wütend, kann sich kaum bewegen. Der Jäger muß ihn heraustreiben, und wenn er kommt, so geschieht das zögernd, er hat Angst zu sterben. Auch seine Pfoten sind seltsam weich; wenige Meilen über felsiges Gebiet reißen sie auf, die Dornen bleiben darin stecken . . . Sein Maul ist so unrein, daß sein Biß wie der eines giftigen Tieres ist . . .

An jenem Tag kämpfte ich unaufhörlich gegen den Gedanken, daß das größte Glück jedweden Tieres bestenfalls wie ein flüchtiges Lächeln auf einem grimmigen, unmenschlichen Antlitz ist. Ich habe versucht, mich an irgendein fröhliches, zufriedenes Tier zu erinnern . . .

Das aber rief mir nur neue Schrecken vor Augen . . .

Sie haben sicher schon Bilder und Fotografien

von Pinguinen gesehen. Diese haben in Ihnen wahrscheinlich die Wirkung hervorgerufen, die ich mir so dringend vorstellen wollte. Die Tiere scheinen mir von einer eigenartigen, komischen Behäbigkeit, nicht unähnlich der eines würdigen Stadtrats. Heute aber läßt der bloße Gedanke an einen Pinguin in mir eine Schreckensvision aufsteigen. Ich werde ihnen sagen, weshalb . . . Einer meiner ehemaligen Schüler kam vor ungefähr einem Jahr nach einer Südpolexpedition zu mir; er erzählte mir die Wahrheit über diese Vögel. Ihr Leben wird, so sagte er – er sprach vor allem vom Königspinguin –, von einem weitaus übersteigerten Mutterinstinkt gelenkt, ein Instinkt, der in beiden Geschlechtern gleich besteht, der eine Bedingung des Überlebens in den überfüllten Nestern jener eisigen Region ist. Gerade dieser Instinkt macht ihnen das Leben zu einer einzigen Qual. Aus verschiedenen Gründen werden viele Eier vernichtet; die Überlebenschancen der Jungen sind gering; sie fallen in Spalten, sie erfrieren und so weiter, drei Viertel der jährlich ausschlüpfenden Jungen sterben, und ohne dieses übersteigerte Gefühl würde diese Art überhaupt aussterben. Und so ist in jedem Vogel das Verlangen, die Jungen zu beschützen und zu behüten, stark ausgebildet. Aber jedes Pärchen legt pro Jahr nur ein Ei; die Eier zerbrechen, sie stürzen ins Wasser, es gibt immer zu wenige, und jeder Pinguin, der eines hat, muß es eifersüchtig bewahren, und alle, die keines haben, unterliegen dem Zwang, eines zu rauben. Einige bemuttern in ihrer Verzweiflung Steine oder Eisbrocken, und die glücklichen, die ein Ei bebrüten, stehen oft tagelang trotz des nagenden Hungers nicht auf. Das Nest auch nur einen Augenblick alleinzulassen heißt, den Räuber in Versuchung zu führen, und welche Leidenschaften wüten, sieht man daran, daß die Vögel wegen eines geraubten Eis bis zum Tod kämpfen. Sie sehen also, daß diese Bilder von augenscheinlich komischen Vögeln in Wahrheit die Bilder von dummen Kreaturen sind, welche bis an die Grenzen ihrer Möglichkeiten getrieben werden. Und so ist ihr Leben immer gewesen . . .

Der Königspinguin aber ist schon fast am Ende seiner Geschichte angelangt. Ich möchte Ihnen erzählen, wie es enden wird. Ich möchte Ihnen erzählen, was gerade jetzt in den friedlichen Meeren des Südens geschieht. Mein Schüler war sehr verzweifelt über einen schändlichen Handel, der rasch um sich greift . . . Wenn ihm nicht Einhalt geboten wird, werden die Nistplätze bald ganz vernichtet sein. Diese Vögel werden wegen ihres Öls abgeschlachtet. Jäger landen, erschlagen sie, wie sie in ihren Nestern sitzen, welche diese armen, dummen Geschöpfe unter keinen Umständen verlassen. Die Toten und die Betäubten, die Lebendigen und die Toten zusammen werden in eiserne Kessel geworfen, wo man das Öl auskocht. Die verwundeten Lebenden zusammen mit den Toten . . . Jeder Vogel bringt nur einen Viertel Penny Gewinn, aber es zahlt sich dennoch aus, und so tötet man sie. Die Leute, welche dieses Unternehmen leiten, haben eine fundierte kommerzielle Ausbildung hinter sich, müssen Sie wissen. Sie glauben, daß es recht ist, die Macht, die uns Gott gegeben hat, auch auszuüben, und daß das, was Gewinn bringt, auch gerecht ist."

„Also, ich muß schon sagen", fuhr Mr. Dad auf, „ich muß schon sagen!"

Auch Mr. Farr ließ den Wunsch, etwas zu sagen, durchblicken. Er räusperte sich, seine Hände strichen unruhig über den Rand des Tisches, sein Gesicht glänzte. „Sir Eliphaz", sagte er . . .

„Lassen Sie mich zum Ende kommen", sagte Mr. Huss, „denn ich muß Sie noch auf die unwiderlegbaren Tatsachen hinweisen, die sich in einem Fall wie diesem ergeben. Haben Sie je an die Bedeutung der Eingeweidewürmer und der ungeheuren Menge von anderen besonderen Parasiten gedacht, deren bloße Existenz schon eine Grausamkeit bedeutet? Es gibt Tausende Arten von Insekten, Krustaceen, Spinnen, Würmern und anderen niederen Arten, die in einer äußerst komplizierten Weise dafür eingerichtet sind, von dem lebenden, schmerzenden Gewebe der anderen Kreaturen zu leben, und auf keine andere Weise bestehen könnten. Haben Sie je daran gedacht, was das heißt? Wenn diese schrecklichen Geschöpfe mit Absicht geschaffen wurden, was für eine Art von Güte lag dann in dieser Absicht? Ich möchte Sie nicht damit belasten, Ihnen irgendeines dieser Geschöpfe in seinem ganzen Lebenskreis zu beschreiben. Viele davon kennen Sie ja. Ich will mich nicht bei jenen Wespen aufhalten, nur um ein Beispiel zu nennen, welche ihre Eier in die lebenden Körper ihrer Opfer einpflanzen, die dann von den Jungen während ihrer Entwicklung langsam zu Tode gefressen werden, noch möchte ich mich bei jenem Wuchern der Zellen aufhalten, welche sich in meinem Körper angesiedelt haben . . . Bei keiner der tausenden infektiösen Krankheiten, die uns befallen – ohne Grund, ohne Berechtigung . . .

Von allen Geschöpfen wird der Mensch am wenigsten von Parasiten in seinem Inneren befallen. In der kurzen Zeitspanne von wenigen hunderttausenden Jahren hat er seine Eßgewohnheiten, seinen Lebensraum und jede einzelne Phase seines Lebens geändert, und nur ganz wenige Spezies, man hat mir von höchstens dreißig bis vierzig erzählt, haben diese Veränderungen mitmachen können und sich an den Menschen unter diesen veränderten Bedingungen anpassen können; doch auch der Mensch kann von etlichen ganz schrecklichen Mitbewohnern befallen werden. Jedesmal, wenn man Wasser in der Nähe von Schafweiden trinkt, kann es geschehen, daß man die Larve des Leberegels in sich aufnimmt, die aus Ihrer Leber eine kleine Ansiedlung von ekligen Kreaturen machen, bis sie sie aufgefressen haben und aus den gärenden Ruinen in ihren Körper vordringen und ihn gänzlich zerstören. In Europa geschieht das nur selten, aber in China gibt es große Landstriche, in denen dieser Leberegel weit verbreitet ist und

Tausenden Menschen das Leben kostet ... Der Leberegel ist nur ein Beispiel für die Großtaten des Schöpfers. Ein ungewaschenes Salatblatt kann der Weg sein, auf dem sich eine von Parasiten hervorgerufene Zyste in Ihrem Gehirn breitmacht und Ihren Verstand vernichtet; eine Mahlzeit von schlecht durchgebratenem Schweinefleisch kann Ihnen den Martertod der Trichinose bringen ... Aber alles, was der Mensch in dieser Hinsicht erleidet, kann sich mit dem Leiden der Tiere nicht vergleichen. Die Leiden der Tiere sind ausgefeilt und vollendet. Mein Biologielehrer hat mir erzählt, daß er kaum einen Kabeljau oder Hai seziert hat, in dem nicht Mengen von Würmern oder ähnliche ekelhafte Untermieter zu finden sind. Er hat eine ganze Sammlung von kleinen Röhrchen mit den Dingen, die er in toten Kaninchen gefunden hat ...

Aber ich will Ihnen nicht länger Ekel bereiten ...

Ist das eine Welt, die zum Glück fühlender Wesen geschaffen ist?

Ich frage Sie deshalb, was der Mensch anderes sein sollte als ein Rebell, wenn er diesen Tatsachen ins Auge sieht? Wie kann er dem Schöpfer trauen, der diese Parasiten in ihrer unendlichen Vielzahl und Vielfalt entworfen, ausgearbeitet und vollendet hat? Denn diese Dinge sind ja nicht plötzlich entstanden und als spezielle Heimsuchung gedacht; sie sind in schrecklicher, wunderbarer Weise in langsamer Evolution entstanden, die genauso langsam und zielgerichtet wie die unsere war. Wie soll der Mensch einem solchen Schöpfer glauben, daß er ihn gerecht behandelt? Warum sollen wir unsere Augen vor Dingen verschließen, die uns in die Augen springen? Entweder ist die Welt der Lebenden von einem Wesen geschaffen worden, das von einer gleich schmutzigen, kleinlichen und ins Riesenhafte gesteigerten Bösartigkeit besessen ist, oder aber eine Sorglosigkeit, eine Gleichgültigkeit, eine Mißachtung aller Gerechtigkeit gegenüber zeigt . . .“

Mr. Huss’ Stimme erstarb.

10

Einige Zeit schon hatte Mr. Farr Zeichen der Ungeduld merkbar werden lassen. Die Pause bot ihm die Gelegenheit, auf die er gewartet hatte. Er sprach mit einer Art von unterdrückter Heftigkeit.

„Sir Eliphaz, Mr. Dad, nach dem, was hier in bezug auf mich laut geworden ist, hätte ich in dieser Diskussion lieber nicht das Wort ergriffen. Nein. Soweit es mich betrifft, werde ich auch nichts sagen. Aber es sind einige Punkte aufgeworfen worden, zu denen ich unmöglich schweigen kann. Mr. Huss hat einige entsetzliche Aussagen gemacht, Aussagen, die niemals in Woldingstanton fallen dürfen . . .

Stellen Sie sich einmal vor, was ein Unterricht dieser Art bei kleinen, beeindruckbaren Jungen anrichten kann! Denken Sie daran, was geschehen würde, wenn solche Dinge vom Katheder herab gesagt würden! So sehr ich allen Streitereien abgeneigt bin, und mit Mr. Huss möchte ich keinen Augenblick lang streiten, so glaube ich doch, daß seine Auflehnung gegen Gottes Universum, diese Flut von bösen Worten, eine Antwort finden muß. Es ist unabdinglich, daß man sie klar und streng beantwortet. Es ist unsere Pflicht Gott gegenüber, der uns zu dem gemacht hat, was wir sind . . .

Mr. Huss, in Ihrem jetzigen Zustand der Krankheit scheinen Sie unfähig zu sein zu erkennen, welch ein enormer Egoismus in dieser Herabwürdigung aller Wunder Gottes liegt. Aber unter dieser Unfähigkeit haben Sie ja schon lange gelitten. Es ist nichts Neues. Habe ich mich nicht zwölf lange Jahre unter Ihrer arroganten Selbstsicherheit abgehärmt? Ihr Recht, jetzt wie sonst auch, ist das einzige, welches gilt; Ihre Doktrin allein ist die wahre. Ich wünschte, Gott würde sprechen und sich gegen Sie stellen! Wie seine Stimme Sie und uns und alles um uns herum vernichten würde! Wie Sie in Ihren Blasphemien zerbrechen würden!

Verzeihen Sie, meine Herren, wenn ich zu heftig bin“, sagte Mr. Farr und schleckte seine bleichen Lippen ab, doch nickte Mr. Dad heftig und zustimmend.

Auf diese Weise ermutigt, fuhr Mr. Farr fort. „Als ich dieses Zimmer betrat, Mr. Huss, habe ich Sie wegen Ihrer Krankheit zutiefst bedauert – ich glaube, wir allen haben das getan; aber jetzt ist mir klargeworden, daß Gott Ihnen weniger abverlangt, als es Ihre Fehler verdienen würden. Die schlimmste Sünde ist sicherlich der Stolz. Sie kritisieren Gottes Universum und machen es schlecht, aber was für ein Universum würden Sie uns denn geben, Mr. Huss, wenn Sie der Schöpfer wären? Verzeihen Sie, meine Herren, wenn ich Sie in Erstaunen versetze, aber diese Frage ist nur gerecht. Denn mir ist es eben klargeworden, Mr. Huss, daß nichts Geringeres Sie zufriedenstellen würde. Woldingstanton ist, trotz aller Wunder, die Sie dort bewirkt haben, trotz der Tatsache, daß nie zuvor ein solcher Direktor gewesen ist und nie wieder sein wird, trotz der Tatsache, daß Sie eine Kerze entzündet haben, die vielleicht eines Tages die ganze Welt entflammt, offensichtlich für Sie ein zu kleines Betätigungsfeld. Ihr Platz ist sicherlich der des Direktors des Universums. Dort, und nur dort allein, können Sie alle Ihre Gaben voll entfalten. Dann würden die Katzen keine Vögel mehr fressen und die Bäume in vollendeter Symmetrie wachsen, bis sie den Himmel berühren. Ich kann mir vage die Welt vorstellen, wie sie dann sein würde; selbst die Flöhe hätten sich unter Ihrer Leitung gebessert und geläutert, wären voll von Gesundheit und Glück und würden die guten Taten eines Pfadfinders verrichten; jeder Grashalm wäre mindestens sechs Fuß hoch. Und der Leberegel – aber das Problem des Leberegels kann ich nicht lösen. Ich nehme an, daß Sie für alle diese Parasiten die

Euthanasie vorschlagen würden . . .“

Ganz plötzlich vergaß Mr. Farr seinen grimmigen Humor und fuhr ernst und mahnend fort. „Mr. Huss, heute, da Sie dem Tod so nahe sind, flehe ich Sie an, alle diese wilden, bösen Reden zurückzunehmen. Sie nehmen ein paar oberflächliche Ansichten der Welt und stellen davon Ihr Urteil her; Sie versuchen, mit dem armseligen Maßstab Ihres Geistes die Pläne Gottes zu messen, Pläne, die länger dauern, als die Erde dauern wird, weiter sind als das Meer. Ich frage Sie, wie kann Ihnen diese Überheblichkeit in dieser äußersten Not helfen? Es bleibt nur mehr wenig Zeit . . .“

Das Schicksal war offensichtlich entschlossen, Mr. Farrs Reden mit höchster Dramatik zu versehen. „Was ist das?“ fragte Mr. Farr. Er stand auf und blickte aus dem Fenster.

Irgend jemand hatte geläutet und hatte jetzt, schon ungeduldig, heftig an die Tür des „Seeblicks“ geklopft.

4

Sterben wir wirklich?

1

Man hörte Mrs. Croome im Gang, irgend jemand trat ein, Stimmen ertönten, und die Schnalle der Wohnzimmertür wurde niedergedrückt. „Is er nich da?“ hörte man die Stimme Mrs. Croomes durch den Spalt. Dr. Elihu Barrack erschien in der Tür.

Er war ein junger Mann mit einem runden, glattrasierten Gesicht, einem etwas schiefen Mund mit fest zusammengepreßten entschlossenen Lippen, einer krummen Nase und einem Auftreten, das größte Tatkraft ausstrahlte; daß er ein künstliches Bein hatte, war aus seiner Haltung kaum ersichtlich. Er sah die vier Männer vor sich einen Augenblick lang prüfend an und sagte dann in knappem Befehlston zu Mr. Huss: „Sie sollten im Bett sein.“

„Ich hatte hier eine recht wichtige Besprechung“, sagte Mr. Huss und deutete mit einer Handbewegung die Vorstellung an.

„Durch Sitzen werden Sie aber müde“, fuhr der Doktor fort und blieb bei seinem Patienten stehen.

„Es wird mich aber nicht so aufregen, als hätte ich diese Dinge ungesagt gelassen."

„Darüber kann man geteilter Meinung sein", sagte Mr. Farr düster.

„Wir sind noch weit von der Beilegung unserer Meinungsverschiedenheit entfernt", sagte Sir Eliphaz zur Welt im allgemeinen.

„Ich habe meine Ansichten jedenfalls klargelegt", sagte Mr. Huss.

„Jetzt, wo Sir Alpheus gekommen ist –"

„Er ist nicht gekommen", sagte Dr. Barrack kurz. „Er hat telegrafiert, daß er aufgehalten wurde und mit dem nächsten Zug kommt. Sie haben also noch eine Galgenfrist, Mr. Huss."

„Dann werde ich das Gespräch fortführen."

„Sie sollten sich besser niederlegen."

„Nein. Ich könnte nicht stilliegen." Und Mr. Huss stellte Dr. Barrack seine Gäste namentlich vor, der jedem kurz zunickte und dann sagte: „Sehr erfreut." Sein Gesicht drückte keinen übermäßigen Grad an Freude aus. Seine Augen waren hart. Er blieb stehen, als erwarte er, irgendwelche Krankheitssymptome an ihnen zu entdecken.

„Unsere Diskussion ist abgeschweift", sagte Sir Eliphaz. „Unser ursprüngliches Anliegen war, die Zukunft von Woldingstanton zu bestimmen, von welcher wir glauben, daß sie viel praxisorientierter und technischer sein sollte als bisher und sich weniger mit Geschichte und Philosophie befassen sollte, als dies unter der Direktion von Mr. Huss der Fall war. (Wollen Sie sich nicht setzen, Herr

Doktor?)"

Der Arzt setzte sich und beobachtete Sir Eliphaz weiter mit scharfer Wachsamkeit.

„Davon sind wir abgekommen", fuhr Sir Eliphaz fort.

„Nicht so weit, wie Sie denken", sagte Mr. Huss.

„Jedenfalls hat uns Mr. Huss mit einem Diskurs über den Jammer des Lebens traktiert, wie wir alle von Parasiten gefressen werden und durch und durch elend sind, wie alles elend ist, und dies eine verfluchte Welt ist, die entweder von einem grausamen Gott gelenkt wird oder einem Gott, der so sorglos ist, daß er eigentlich gar kein Gott ist."

„Schönes Gerede im Jahr 1918 nach Christus", sagte Mr. Dad und betonte das „nach Christus" besonders.

„Seit ich Woldingstanton verlassen habe und hierhergekommen bin", sagte Mr. Huss, „habe ich kaum etwas anderes getan als nachgedacht. Ich habe nachts nicht geschlafen, ich habe nichts gehabt, womit ich mich untertags beschäftigen konnte, und ich habe über die grundlegenden Dinge des Lebens nachgedacht. Ich war gezwungen, meinen Glauben zu überdenken und mich intensiver, als ich es je zuvor getan habe, mit der Bedeutung meines Glaubens und den Beweggründen meiner Handlungen zu beschäftigen. Das gewohnte Vertrauen in die Ordnung aller Dinge, ein Zustand, der dem menschlichen Gemüt wohl eher angemessen ist, ging verloren. Dies hat aber den Unterschied, der zwischen mir und diesen drei Herren schon bestanden hat, nur noch vertieft, und das zeichnet sich schon ganz deutlich in den Tagen ab, in denen der Erfolg meine Leitung von Woldingstanton noch rechtfertigte. Plötzlich, wie mit einem Schlag, hatte ich das Unglück, dem Unglück in die Hände zu fallen – grundlos und ungerecht. Jetzt bin ich den düstersten Zweifeln und dem Entsetzen verfallen; das Universum erscheint mir hart und öd; früher hatte ich geglaubt, der Wille des Gotts des Lichts liege ihm zugrunde und durchdringe es überall ... Ich habe immer geleugnet, sogar als mein Glaube unberührt war, daß der Gott der Gerechtigkeit diese Welt in allen Einzelheiten und in seiner Gesamtheit lenkt und uns täglich unsere Belohnung und unsere Strafen austeilt. Diese Herren hier glauben dies, im Gegensatz zu mir. Sie sagen, daß die Herrschaft Gottes über die Welt nachweisbar und direkt ist und daß der Erfolg das Ausmaß seines Wohlwollens, Schmerz und Leiden aber das Los der Ungerechten sind. Bezüglich der Frage, was dies alles mit Erziehung zu tun haben soll – es hat alles mit der Erziehung zu tun. Man kann keine praktischen Fragen lösen, bevor man nicht einen solchen Disput beigelegt hat. Bevor man den Jungen beibringt, wie sie ihre Rolle im Leben zu spielen haben, muß man sich fragen, wie diese Welt ist, für die man sie vorbereitet; ist sie eine Tragödie oder eine Komödie? Welcher Art ist das Drama, in dem sie mitwirken sollen?“

Dr. Barrack gab zu erkennen, daß diese Aussage von ihm zur Kenntnis genommen und beifällig aufgenommen wurde.

„Denn es ist klar", sagte Mr. Huss, „daß man sie auf den Erfolg ausrichten muß, wenn der Erfolg die Rechtfertigung für unser Leben ist. Dann besteht für den Menschen auch keine Notwendigkeit, das Leben zu verstehen, solange er nur die ihm zugedachte Arbeit tut. Das ist die Meinung dieser meiner Aufsichtsräte. Es ist immer schon die Meinung der meisten Menschen gewesen. Gehorche dem, was ist! Das ist die Lektion, die sie meine Schüler gerne gelehrt hätten. Ordnet euch ein. Leben ist für sie kein Abenteuer, kein Kampf, sondern nur Gehorsam und der Genuß der Belohnung . . . Das, Dr. Barrack, ist es, was die technische Erziehung, wie man sie in Woldingstanton einführen will, wirklich bedeutet . . .

Aber ich habe immer geglaubt und gelehrt, daß Gott vom Menschen verlangt, daß er sein Äußerstes gibt, um mitzuarbeiten und zu verstehen. Ich habe vor allem die Phantasie ausgebildet; ich habe Wissen geschaffen, Wissen um das, was der Mensch ist und was der Mensch sein kann, wie das Abenteuer Menschheit beschaffen ist. Das war die Grundlage meines ganzen Unterrichts. In Woldingstanton habe ich Philosophie unterrichtet; ich habe die ganze Menschheitsgeschichte unterrichtet. Hätte ich das nicht tun können, ohne Chemie und Physik, Mathematik und Sprachen gänzlich aus dem Lehrplan wegzulassen, so hätte ich sie weggelassen. Und Sie verstehen auch warum, Dr. Barrack."

„Ich verstehe Ihre Einstellung durchaus", sagte Dr. Barrack.

„Und jetzt, da sich mein Himmel verdunkelt hat, da sich mein Blick für das Elend, die Vergänglichkeit und den Schrecken dieses Lebens geweitet hat, klammere ich mich noch immer, mehr denn je zuvor, an das Gefühl des Rechts, das in mir lebt. Wenn es in dem großen Gebäude von Raum und Zeit keinen Gott, keine Gnade und keine menschliche Güte gibt, wenn das Leben nur eine dauernde Folter, ein Zucken auf einem kleinen Planeten ist, und die Sterne nur wie riesige, sinnlose Leuchtfeuer ins Nichts leuchten, dann brennt das Feuer Gottes umso heller in meinem Herzen. Wenn der Gott in meinem Herzen nicht der Sohn eines himmlischen Vaters ist, dann ist er Prometheus der Rebell; es erschüttert meinen Glauben nicht, daß er der Herr ist, für den ich leben und sterben will. Und umso mehr klammere ich mich daher an dieses Feuer der vom Menschen geschaffenen Tradition, das wir auf diesem kleinen Planeten entzündet haben, wenn es das einzige Leuchten des Geistes in der endlosen Weite eines leeren Universums ist."

Dr. Barrack wollte eine Bemerkung einwerfen, unterließ dies aber dann vorläufig.

„Einsamkeit und Kleinlichkeit", sagte Mr. Huss, „Härte im Himmel über uns und im ganzen Gefüge aller Dinge. Wenn dies der Zustand der Dinge ist, so müssen wir sie auch so sehen.

Jeder Säugling in den Armen seiner Mutter fühlt sich sicher in einer sicheren Umwelt; jedes Kind ist sicher in seinem Heim. Viele Männer und Frauen haben in diesem Trugbild von Sicherheit glücklich gelebt, sind glücklich gestorben. Aber dieser Krieg hat Millionen von Menschen den Schleier, den dieses Trugbild vor ihre Augen legte, weggerissen ... Die Menschheit wird erwachsen. Wir sind endlich imstande, das Leben so zu nehmen, wie es ist und wie es auch nicht ist. Wir drehen uns auf einer Kugel aus Gestein und Nickelstahl, auf dem ein Hauch Wasser, ein paar Fingerbreit Luft wie der Schmelz auf einer Pflaume liegen. Und überall um diese Kugel herum ist unergründlicher tiefer Raum; all die Sonnen und Sterne sind bloße Körnchen Materie, die in einem endlosen Raum verstreut sind, der sonst leer ist. Wir sind auf diese dünne Schichte auf dem Körnchen gedrängt; graben wir tiefer in die Erde, so wird es bald zu heiß, als daß wir dort noch leben könnten; erheben wir uns fünf Meilen in die Luft, so erfrieren wir, das Blut dringt aus den Blutgefäßen in unsere Lunge, wir ersticken, ersticken an unserem eigenen Blut ...

Aus dem Haufen von Lehm und Staub, der die Oberfläche dieser Welt ausmacht, haben wir ein paar Spuren unserer Rasse und des vergangenen Lebens herausgewühlt. In unseren Observatorien und Laboratorien haben wir flüchtige Einblicke in die Zukunft genommen. Wir haben einen schwachen Eindruck davon, wie die Geschichte begonnen hat, aber wir können ihre ersten Seiten nicht lesen. Wir erforschen das Leben, eine fast unmerkbare Bewegung im Schlamm, das an den Küsten der warmen, seichten Meere in den kurzen Nächten und Tagen einer sich rasch drehenden Erde dahinkriecht. Durch unendliche Zeiträume folgen wir dem Leben, das sich in die Gewässer ausbreitet, Luft und festen Boden erobert. Pflanzen kriechen an Land und erheben sich auf ihren Stämmen zur Sonne; ein paar Würmer und Krebse folgen, Insekten treten auf; und schließlich erscheinen unsere wassergebundenen Vorfahren, welche durch eine Schwimmblase atmen, die sie als Lunge gebrauchen. Von allem Anfang an sind die Landbewohner ein Stückwerk. Sie erweitern das Fischohr, das ihr Erbe ist, durch eine Ohrtrommel, die aus der Kiemenspalte entsteht. Man kann Schuppen und Flossen in Knochen und Gliedmaßen wiederfinden. Und endlich kriecht dieser grüne Schaum pflanzlichen Lebens, in dessen Maschen sich die Tiere verfangen haben, als Wald über die Hügel; Gras breitet sich auf den Ebenen aus, und große Tiere treten ans Tageslicht. Was bedeutet das alles in Wirklichkeit? Nicht mehr, als wenn grünes Moos einen alten Dachziegel überzieht. Langsam und unabwendbar wird die Erde kühler, die Tage werden länger. In den langen Zeiträumen des warmen, feuchten Klimas vergrößert sich der Artenreichtum unbedeutenden Lebens; es kommen Zeitalter der Kälte, des Rückzugs, Eiszeiten und Zeitalter, in denen ganze Arten aussterben. Und endlich kommt der Mensch, der Zerstörer, der Krieger, der die Welt in Flammen setzt, die Wälder niederbrennt, die Erde ausbeutet. Welche Hoffnung bleibt ihm? Die Tage werden länger und länger, die Sonne verstrahlt ihre Energie. Es wird eine Zeit kommen, in welcher die Sonne in stumpfem Rot am Himmel steht, ihrer Strahlen beraubt, und nicht mehr sinkt, nicht mehr aufgeht. Ein Tag wird kommen, an dem die Erde genauso tot und erfroren sein wird wie der Mond . . . Ein Geist in unseren Herzen, der Gott der Menschen, ruft ‚Nein!‘, aber gibt es eine einzige Stimme außerhalb unser selbst in diesem kalten, leeren Universum, welche dieses ‚Nein!‘ wiederholt?“

2

„Aber Mr. Huss, Mr. Huss!“ sagte Sir Eliphaz.

Seine Augen schienen irgendeinen Fixpunkt zu suchen und fanden ihn endlich in einem Stahlstich, der Zierde des kleinen Wohnraums, auf dem man sehen konnte, wie Königin Victoria einem dunkelhäutigen Potentaten eine Bibel überreicht.

„Ihre Krankheit beeinträchtigt Ihren Weitblick“, sagte Sir Eliphaz. „Was Sie sagen, ist zutiefst wahr und zur gleichen Zeit auch absolut unrichtig. Wir, die wir geheimnisvoll entstanden sind, die wir, wie Sie sagen, in einem dünnen Film von Luft und Wasser auf diesem winzigen Planeten leben, wie könnten wir bestehen, wie weiterleben, wären wir nicht in jedem Augenblick durch die Gnade und Weisheit Gottes unterstützt? Je unsicherer das Leben ist, desto größer ist das Wunder Seiner Vorsehung. Kein Sperling", sagte Sir Eliphaz und baute dann die Metapher mit dröhnender Stimme weiter aus, „kein Haar von meinem Kopf fällt zu Boden, ohne daß Er es weiß und gutheißt ... ich bin ein vielbeschäftigter Mann. Ich kann nicht soviel lesen, wie ich es gerne täte. Aber während Sie die Werke Gottes geschmäht haben, habe ich an einige Wunder gedacht ..."

Sir Eliphaz hob die Hand und legte Daumen und Zeigefinger aneinander, als halte er etwas ganz Kostbares damit.

„Das menschliche Auge", sagte Sir Eliphaz mit einer Intensität der Bewunderung, welche Tränen in seine eigenen Augen trieb ...

„Die Fremdbefruchtung der Pflanzen ..."

„Die wunderbaren Verwandlungen der höheren Insekten ..."

„Die hoch entwickelten Flügelschuppen der Lepidoptera ..."

„Die Gnade, die für das geschorene Lamm den Wind mildert ..."

„Die warmen, dunklen Wunder der Embryologie; die Ordnung, der Rhythmus und die Gesetzmäßigkeit, in der sich die Zellen des befruchteten Eis teilen und den vollendeten Körper eines Lebewesens aufbauen, sogar den eines Menschen – als Ebenbild Gottes. Zuerst ist da eine Zelle, dann sind es zwei; der Teilungsprozeß ist von größter Schönheit und wird, wie ich glaube, Karyokinese genannt; nach zwei Zellen kommen vier, jede kennt ihre Rolle, jede teilt sich auf wunderbare Art und mit untrüglicher Sicherheit; acht, sechzehn, zweiunddreißig . . . Jede dieser zweiunddreißig Zellen ist ein vollständiges Zweiunddreißigstel eines Menschen. Und dann sagt diese Zelle: ‚Ich werde ein Haar', eine andere wieder: ‚ich ein Blutkörperchen', jene: ‚eine Zelle im Gehirn eines Menschen, um das Universum widerzuspiegeln.' Jede tritt an den ihr zugedachten Platz . . .

Ich wollte, wir könnten es ihnen gleichtun", sagte Sir Eliphaz.

„Und nehmen Sie das Wasser", sagte Sir Eliphaz. „Ich bin in den Naturwissenschaften nicht sehr bewandert, aber es hat etwas mit dem Wasser auf sich, das mich mit Erstaunen und Verwunderung erfüllt. Alle anderen Flüssigkeiten ziehen sich zusammen, wenn sie festen Zustand annehmen. Mit ein oder zwei Ausnahmen – welche in den schönen Künsten von Nutzen sind. Das Wasser dehnt sich aus. Nun leitet das Wasser aber die Hitze nicht, und zöge sich Wasser zusammen und würde schwerer, wenn es zu Eis wird, dann sänke es auf den Grund des Polarmeers und würde dort liegenbleiben und nicht schmelzen. Und es würde immer mehr Eis zu Boden sinken, bis der ganze Ozean zu Eis erstarrt wäre und das Leben aufhörte. Das Wasser aber reagiert nicht so. Nein! . . . Gäbe es nicht den Wasserdampf, welcher die Hitze der Sonne auffängt und hält, so würde diese Erde untertags verbrennen, nachts aber erfrieren. Wunder um Wunder. Ich selbst“, sagte Sir Eliphaz, als gebe er eine beglückende Erkenntnis zum besten, „bestehe zu neunzig Prozent aus Wasser. Wir alle . . .

Und denken Sie einmal daran, wie großartig der Winter sich uns anpaßt, indem er uns den Schnee gibt! Wenn das Wasser im Winter in der Luft gefriert, dann schlägt es nicht in Form von Eisklumpen auf uns nieder. Es könnte ja so sein, und was würde dann aus uns? Aber es gehört dem hexagonalen System an – ein System, daß zierliche Strukturen hervorbringt. Es kristallisiert in Form von zarten, spitzenähnlichen sechsstrahligen Kristallen – wunderbar, wenn man sie unter dem Mikroskop sieht. Sanft rieseln sie nieder. Sie liegen locker aufeinander. Aus dem Eis entsteht ein warmes Gewand, warm wie Wolle, weiß wie die Wolle, weil es wie die Wolle voll von Luft ist – ein warmes Gewand für Triebe und Blüten . . .

Und dann – Sie schmähen Gott wegen der Parasiten, die er uns sendet. Aber schickt Er sie nicht, um uns eine wichtige moralische Lektion zu erteilen? Jeder für sich selbst und Gott für uns alle. Nicht so bei den Parasiten. Sie leben ein Leben niedriger Abhängigkeit. Und das führt, sicher und rasch, zu physischer Degeneration. Sie sind die Sozialisten der Natur. Sie verlieren ihre Gliedmaßen. Sie verlieren ihre Farbe, werden bleiche, unappetitliche Dinger, ekelhafte träge Kreaturen – oft mikroskopisch klein. Drängen sie uns nicht durch die Darstellung ihres schandbaren Lebens dazu, uns selbst zu helfen, uns anzustrengen? Aber auch die Parasiten haben ihr Gutes! Man hat mir erklärt, daß der Mensch ohne die parasitischen Bakterien seine Nahrung nicht verdauen könne. Eine Flechte besteht aus Algen und einem Pilz, beide von parasitischer Natur. Das nennt man Symbiose – ein Zusammenleben zum gegenseitigen Vorteil. Und vielleicht kämpft jeder dieser Tausenden Parasiten, welche Ihnen so entsetzlich erscheinen, seinen Weg hinan zu einem möglichen Arrangement?"

Sir Eliphaz wog seine Worte: „Ein für beide Seiten günstiges Arrangement mit dem Wirt. Als zahlender Gast.

Und endlich", sagte Sir Eliphaz, und in seiner Stimme klang fernes Donnergrollen, „denken Sie nur an den eindrucksvollen Weg, den das Leben auf dieser Erde genommen hat, durch Myriaden von Formen, zum herrlichen Crescendo der Evolution, die im Menschen endet! Was für ein Werk ist doch der Mensch! Ein Musterbild der Schöpfung, der Mikrokosmos des Kosmos, die endgültige Geburt der Zeit . . . Und Sie wollen uns an der lenkenden Hand zweifeln machen!"

Mit einer Handbewegung hielt er inne.

Mr. Dad gab Laute von sich, die den Responsorien in der Kirche ähnelten.

3

„Eine gewisse Schönheit in dieser Welt zeugt noch lange nicht vom Wohlwollen Gottes“, sagte Mr. Huss. „Es gibt keine Schönheit, der man nicht eine gleichwertige Häßlichkeit entgegensetzen könnte. Das Warzenschwein und die Hyäne, der Bandwurm und die Stinkmorchel sind auch Gottes Schöpfung. Nichts, was Sie gesagt haben, läßt etwas anderes erkennen als gefühllose Gleichgültigkeit uns gegenüber in dieser Ordnung, in der wir leben. Schönheit ergibt sich zufällig; sie ist nicht beabsichtigt. Schmerz, Leiden, Glück; alles ist gleich. Nur im Herzen des Menschen leuchtet die Flamme der Gerechtigkeit.“

Eine Zeitlang schwieg Mr. Huss. Dann fuhr er mit seiner Antwort an Sir Eliphaz fort.

„Sie haben vom Wunder der Fremdbefruchtung der Pflanzen gesprochen. Aber wissen Sie denn nicht, daß die Hälfte dieser seltsamen und ausgeklügelten Formen nicht mehr funktionieren? Ihre Entwicklung war kaum beendet, als auch schon die besondere Notwendigkeit, aus der sie entstanden, verschwand. Die Hälfte der komplizierten Blumen, von denen sie sprechen, sind so hinfällig wie die Ruinen von Palmyra. Sie befruchten sich selbst oder werden durch den Wind befruchtet. Die Transformationen der höheren Insekten, welche uns Mücken und Wespen, die Malaria und die Würmer in den Äpfeln gebracht haben, sollten den Menschen eher in Erstaunen setzen, als ihn dankbar machen. Wenn in diesen seltsamen und komplizierten Vorgängen irgendeine Planung liegt, dann ist es sicher die Planung einer irregeleiteten und unmenschlichen Schläue. Die Schuppen der Lepidoptera haben Millionen Jahre lang in sinnloser Pracht geglänzt. Wenn sie für den Menschen geschaffen wurden, warum fliegen dann die meisten Arten bei Nacht in den tropischen Wäldern? Und was das menschliche Auge anlangt, so sind Augenärzte und Optiker kaum Ihrer Ansicht. Sie preisen die besonderen Eigenschaften des Wassers, welche das Leben erst möglich machen. Möglich machen sie es. Aber machen sie es zu etwas anderem, als es schon ist?

Sie haben von dem Wunder des Wachstums des menschlichen Embryos gesprochen. Ich gestehe Ihnen zu, daß es ein Vorgang von wundervoller Präzision ist; aber was hat er mit meinen Zweifeln zu tun? Er vergrößert sie eher, denn es scheint, als herrsche der Gott, welcher die Welt regiert, nicht so sehr in Liebe als in Ironie. Ja, die Zellen teilen sich in wunderbarer Weise, und die durch diese Teilung entstandenen Plasmazellen gleiten die Kernspindel entlang. Aber sie teilen sich nicht, als wären sie von einer göttlichen Hand geführt, sondern sie teilen sich mit erbarmungsloser Logik, mit der gnadenlosen Gleichmäßigkeit eines mathematischen Prozesses. Sie teilen sich und sammeln sich und wandern dorthin und dahin und formen einen Debilen, einen von Geburt an Verkrüppelten. Es gibt Millionen solcher Krüppel – und sie bilden Heere taumelnder Säufer vor der Wirtshaustür.

Sie sprechen vom Crescendo der Evolution, von den Uranfängen des Lebens, und wie sich der Plan entwickelt, bis er endlich in uns seinen Höhepunkt findet – in *uns,* hier, unter diesen Umständen, in Ihnen und Mr. Dad und Mr. Farr und in mir – der auf das Messer des Chirurgen wartet. Ich wollte, ich könnte ein solches Crescendo erkennen! Ich sehe Veränderungen, immer wieder Veränderungen, ohne Plan und ohne Herz. Bedenken Sie doch zum Beispiel die Wanderung der Zugvögel übers Mittelmeer und die damit verbundenen tragischen Ereignisse. Vor langer Zeit und durch lange Zeit hindurch gab es eine feste Verbindung zwischen Afrika und Europa. Damals bildete sich der Instinkt der Vögel aus; die Tiere flogen überland vom heißen Süden in den nördlichen Sommer, um dort ihre Nester zu bauen und zu brüten. Langsam aber sicher überflutete die See diese Landverbindungen. Seit über hunderttausend Jahren ist diese Verbindung nun unterbrochen, und doch treibt der blinde, mitleidlose Instinkt diese Vögel über die immer breiter werdende See, wo sie zu Myriaden untergehen. Und denken Sie doch an diesen sinnlosen Trieb, auf längst vergessenen Beweggründen aufbauend, der die wandernden Lemminge in den Tod schickt. Und sehen Sie sich den Menschen an, die Krönung der von Ihnen verkündeten Evolution; denken Sie an seine mangelnde Ausgeglichenheit, an die ständigen Krankheiten der

Frauen, die ungeheuren Ausmaße der Lüste und Begierden. Betrachten Sie das Buch der Versteinerungen einmal ehrlich und offen, und sagen Sie mir dann, wo das Crescendo ist, das Sie zu sehen glauben? Es hat großartige Zeitalter gegeben, in denen die Farne baumhoch wuchsen, wunderbare Sumpflandschaften entstanden, aber alle diese herrlichen Gewächse gingen zugrunde; sie wurden durch andere Arten von Pflanzen ersetzt. Sie entwickelten sich nicht weiter; sie erreichten einen Höhepunkt und starben; andere Pflanzen lösten sie ab. Und denken Sie an die herrliche Fauna des Mesozoikums, dem Zeitalter des Leviathan; die Theriodonten, reptilienartige Tiere, die springenden Dinosaurier, die Mososaurier und ähnliche Ungeheuer aus der Tiefe des Meeres, die fledermausähnliche Pterodactyla, die Plesiosaurier und die Ichthyosaurier. Denken Sie an die Wunder der mesozoischen Meere; die tausenden Arten von Ammoniten, den ungeheuren Fischreichtum. Über diese ganze Welt voll Leben strich der Tod wie die nassen Finger eines Kindes, welche eine Zeichnung von der Schiefertafel wischen. Sie hatten keine Nachfahren, sie erreichten einen großen Artenreichtum und ungeheure Vielfalt und hörten dann zu bestehen auf. Die Morgendämmerung des Eozäns war die bleiche Dämmerung einer entblößten Welt. Ich lasse Ihnen Ihr Crescendo, aber danach folgt ein Diminuendo, pianissimo. Und dann begann das Leben sich wieder von einem unbedeutenden, ganz tief gelegenen Punkt zu entwickeln, schwoll wieder an, nur um wieder zu vergehen. Die Welt, in der wir heute leben, ist nur ein armseliges Schauspiel verglichen mit der Vielfalt des frühen Tertiär, als Behemoth in tausend Arten, als Deinotherium, Titanotherium, Helladotherium, als sich Säbeltiger, hunderte Arten von Elefanten und ähnlichen Tieren durch die Dschungel drängten, die heute unserer sanften Welt gewichen sind. Wo ist *dieses* Crescendo jetzt? Crescendo! Über lange Zeiträume versteckten sich unsere Ahnherrn unter Blättern, flüchteten auf Bäume, um diesem Crescendo zu entkommen. Als *Leitmotiv* dieses Crescendos waren sie recht schäbig. Und jetzt gehört uns die Welt für eine kleine Zeit, und wir werden größer. Wozu? Zu welchem Zweck? Sagen Sie, der behauptet, die Welt sei gut, sagen Sie mir, was unser Ziel ist. Wie können wir unserem gemeinsamen Schickal entkommen, dem wir unter dem sich verdunkelnden Himmel einer erfrierenden Welt entgegengehen?"

Vom Sprechen ermüdet hielt er inne.

„Es gibt keinen Trost", sagte er, „in den Blumen oder in den Sternen; keine Sicherheit in der Vergangenheit und keine sichere Hoffnung in der Zukunft. Es gibt nichts als den Gott der Zuversicht und des Muts in den Herzen der Menschen . . . Und Er gibt uns kein Zeichen seiner Macht, kein Pfand des Sieges . . . Er gibt uns kein Zeichen . . ."

Worauf Sir Eliphaz das Wort *„Unsterblichkeit!"* hauchte.

„Ich möchte ein paar Worte über die Unsterblichkeit sagen", erklärte Sir Eliphaz, der plötzlich lebhaft wurde, „denn sie ist, wie ich sehe, das, was wir vergessen haben.

Sie, so sehe ich es, macht den Unterschied zwischen uns und Ihnen aus, Mr. Huss; sie ist es, die es uns möglich macht, hier zu sitzen, zufrieden mit unseren Nebenrollen, im vollen Bewußtsein, daß eines Tages die unterbrochenen Linien, die Unlogik, die uns in diesem Leben verwirrt, uns erklärt werden wird und sich in perfekte Kreise verwandeln, während Sie, für den dieses Erdenleben alles und endgültig ist, notwendigerweise rebellieren müssen, eine Doktrin predigen müssen, welche zwischen Auflehnung und Verzweiflung schwankt ... Ja, wenn der Tod wirklich alles beendete! Ah! Dann könnten Sie mit Recht behaupten, daß die Vernunft auf Ihrer Seite stünde. Der Mensch wird von vielen Übeln heimgesucht. Warum sollte ich das leugnen?"

Der Patenthalter und Hauptaktionär der Temanit-Baumaterialien hielt einen Moment ein.

„Ja", sagte er, während er durch seine Augenbrauen in den Himmel blinzelte, „das ist das wahre Problem. Sind Sie dafür blind, dann sind Sie für alles blind."

„Ich weiß nicht, ob ich mich in dieser Frage der Unsterblichkeit Ihrem Standpunkt anschließen kann, Sir Eliphaz", fiel Dr. Barrack ein und hüstelte kurz.

„Ich meinesteils stehe ganz auf seiner Seite",

sagte Mr. Dad. „Wenn es kein unsterbliches Leben gibt – ja, was hat es dann für einen Sinn, gemäßigt und anständig und fünfundfünfzig Jahre lang vorsichtig gewesen zu sein?“

Sir Eliphaz war jetzt zu dem Punkt gekommen, an dem er sich entschloß, alle Entschuldigungen für den Plan der Natur fallenzulassen.

„Ein Ort der Prüfungen, ein Ort des Ansporns und der Lehre“, sagte er. „*Respice finem.* Die Hinweise sind alle – drüben.“

„Wenn Sie diese Welt aber wirklich als Ort betrachten, an dem die Seele geformt wird“, sagte Mr. Huss, „was, glauben Sie denn, tun Sie, wenn Sie vorschlagen, Farr mit der Leitung von Woldingstanton zu betrauen?“

„Wir wollen zumindest nicht“, erwiderte Farr gereizt, „daß Schwarzmacherei und Verzweiflung in Woldingstanton gelehrt werden. Wir wollen, daß die Jungen darin unterrichtet werden, zuerst in der niedrigen Sphäre der Wirtschaft, dann in höheren Regionen zu dienen und zu helfen, freudig und voll Unternehmungslust, bevor sie dahingehen –“

„Wenn der Tod alles beendet, worin besteht dann der Sinn, etwas zu versuchen?“ sagte Mr. Dad, der noch immer über diese Frage nachdachte. „Glaube ich das wirklich, dann –!“

Mit tiefer Überzeugung fügte er hinzu: „Dann würde ich mich gehenlassen . . . Jeder würde das tun.“

Er atmete tief, bohrte die Hände in seine Hosentaschen und grub sich tiefer in seinen Stuhl, ein empörter Mensch, ein Geschäftsmann, dem man angetragen hatte, etwas für nichts aufzugeben.

Einen Augenblick blieb die Runde still, und es war nur allzu klar, daß alle sich vorzustellen versuchten, wie Mr. Dad sich ohne Hemmungen dem Wein, den Frauen und allen Vergnügungen hingab, aß, trank und feierte und sich wie ein wahrer Teufel benahm, da er ja doch am Morgen sterben mußte . . .

„Unsterblich“, sagte Mr. Huss. „Ich hatte nicht gedacht, daß wir die Unsterblichkeit in diese Diskussion einbeziehen werden . . .“

„Sind Sie unsterblich, Mr. Farr?“ fragte er abrupt.

„Ich hoffe es“, sagte Mr. Farr. „Obwohl ich ganz unwürdig bin.“

„Eben“, sagte Mr. Huss. „Das ist also unser Ausweg. Sie und ich, Mr. Dad aus seiner Fabrik, Sir Eliphaz aus seinem Bürohaus, wir alle werden uns in den Himmel erheben. Es ist alles für uns vorbereitet, und deshalb soll die tragische Größe des Lebens meinen Jungen verborgen bleiben . . .

Aber selbst in diesem Fall“, fuhr Mr. Huss fort, „verstehe ich nicht, warum Sie so sehr auf den technischen Disziplinen bestehen und so wenig für die Geschichte der Menschheit übrig haben.“

„Weil es keine wahre Geschichte ist“, sagte Sir Eliphaz, und seine Haare stellten sich auf wie die eines Menschen, der durch neue Ideen elektrisiert wird. „Weil es eine Reihe von unzusammenhängenden Fäden ist, die nirgends enden und nirgends beginnen und plötzlich im Unsichtbaren verschwinden. Ich gebe zu, daß nichts in dieser Welt nur vom Verstand ausgerichtet ist, daß nichts offenkundig gerecht ist. Ich gebe alles zu, was Sie sagen. Aber der Grund! Der Grund? Weil das Leben nur die erste Seite eines großen Buches ist, das wir lesen müssen. Wir sitzen hier, Mr. Huss, wie Menschen in einem Warteraum ... Unser ganzes Leben ist wie ein Warten vor einer Tür, an einem Ort der Verwirrung, bevor wir vorgelassen werden in eine größere Wirklichkeit, eine breitere Sphäre, in der jede Grausamkeit, jede Verwirrung, alles – erklärt, gerechtfertigt und geregelt werden wird."

Er hielt inne, fuhr aber dann fort, als er sah, daß Mr. Huss zum Sprechen ansetzte, und hob seine Stimme etwas.

„Ich spreche über diese Dinge nicht, ohne darüber gelesen zu haben", sagte er. „Ich war sehr beeindruckt – und, was viel mehr heißt, auch Lady Burrows war sehr beeindruckt von den Schriften zweier wahrer Gelehrter, zweier echter Gelehrter, Dr. Conan Doyle und Sir Oliver Lodge. Seit dem Tag, als sie in jungen Jahren ihre Schwester verloren hat, hat sich Lady Burrows mit diesen Gebieten beschäftigt. Es war ihr ein großer Trost. Was ich sagen will, ist, daß Sir Oliver in seinem großartigen Buch ‚Raymond' zwingend feststellt, daß ein Fortleben in einer anderen Welt heute genauso bewiesen ist wie die Atomtheorie in der Chemie. Es ist keine

Frage des Glaubens, sondern des Wissens. Die Kluft ist endlich überwunden. Wir stehen in Verbindung. Nachrichten dringen zu uns durch . . . wissenschaftliche Sicherheit . . .“ Sir Eliphaz räusperte sich. „Wir haben bereits Beweise für das Leben, in das wir eintreten werden, und auch Beschreibungen davon. Denken Sie daran, daß dies keine müßigen Reden sind, keine Täuschungsmanöver wie von Sludges und ähnlichen; es ist ein großer englischer Wissenschaftler, welcher diese Beweise veröffentlicht; und kein anderer als der große französische Philosoph, kein geringerer Mann als der herrliche Denker – und wie er denkt! – Professor Bergson hat zu ihrer Veröffentlichung geraten. Beste Wissenschaft und beste Philosophie wirken zusammen, um uns Sicherheit zu geben. Endlich schreiten wir auf einem Pfad der Tatsachen in die kommende Welt. Wir wissen schon sehr viel. Wir wissen zum Beispiel, daß diejenigen, welche schon in diese höhere Ebene hinübergegangen sind, noch Körper besitzen. Das habe ich – trostreich gefunden. Ohne Körper – würde man sich leer fühlen. Aber, so hören wir auch, die inneren Organe setzen sich anders zusammen. Was ja ganz natürlich ist. Wie man es erwarten mußte. Nahrung ist, wie ich es verstehe, kaum notwendig. Sinnlos. Da sie aber den gleichen Raum einnimmt, wird dieser, so nehme ich an, für andere Zwecke verwendet. Eine Art von astralem Lagerraum . . . sie bluten nicht. Eine interessante Tatsache. Lady Burrows Schwester hat jetzt fast kein Blut. Und ihre Zähne – sie hatte einige verloren und immer große Beschwerden mit ihren Zähnen – sind alle ersetzt worden. Ein schönes Gebiß. Das jetzt nur zum Sprechen verwendet wird."

„Das ist wieder Raymond", sagte der Arzt.

„Sie haben das Buch gelesen!" sagte Sir Eliphaz.

Der Doktor brummte in einer Art, in der sich Zustimmung mit Ablehnung mischte. Sein Gesichtsausdruck zeigte ihn deutlich als Fanatiker der Wissenschaft.

„Wir wissen jetzt auch um Einzelheiten des Hinüberscheidens", sagte Sir Eliphaz. „Wir kennen Details. Wir wissen zum Beispiel, daß Menschen, welche durch eine Explosion zerrissen wurden, eine Zeit brauchen, um wieder ihren vollständigen Körper zu erhalten. Es gibt eine Wechselbeziehung zwischen unserem vergänglichen Körper und dem geistigen Körper, welcher ihn ersetzt. Drüben gibt es eine Art von Arzt für den geistigen Körper, der in solchen Fällen von großem Nutzen ist. Auch Verbrannte bereiten einige Schwierigkeiten . . . Die Geschlechter unterscheiden sich noch, aber alles Gemeine im Geschlechtlichen ist verschwunden. Die Leidenschaften verklingen in jener besseren Welt. Alle Leidenschaften. Sogar das Verlangen zu rauchen und Alkohol zu trinken verschwindet. Nicht gleich am Anfang. Die neuen Toten bitten manchmal um eine Zigarre. Sie erhalten eine, Zigarren der höheren Ebene, und dann bitten sie nie mehr darum. Kinder werden drüben keine geboren. Nein. Es ist sehr wichtig, das zu verstehen. Hier ist der Platz der Geburt; hier beginnt das Leben. Dieser gemeine kleine Planet ist das Bett für den Samen des Lebens. Wenn er seinem Zweck gedient und die höheren Ebenen mit Einwohnern versehen hat, dann kann er tatsächlich erfrieren, wie Sie sagen. Er ist nur ein leerer Rumpf. Eine Samenkapsel, die ihren Zweck erfüllt hat und bedeutungslos geworden ist. Das sind die Gedanken, die trostreichen, edlen Gedanken, welche durch unsere besten Wissenschaftler und Philosophen bestätigt werden ... Man denkt an dieses Leben dort drüben, das sich zweifelsohne in anderen räumlichen Dimensionen bewegt, diese Welt, die in Ebenen angeordnet ist – natürlich in metaphorischen Ebenen, in denen sich die Menschen hin und her bewegen, in einer Art von Häusern wohnen, von schönen Dingen umgeben sind, die, wie man uns sagt, aus den Gerüchen der Dinge bestehen, die wir hier haben. Das ist seltsam, aber nicht irrational. Unsere Lieblingshunde sind auch dort. Natürlich vergeistigt. Dieser Gedanke bereitete Lady Burrows großen Trost ... Wir hatten einen Hund namens Fido, ein winziges, zierliches Kerlchen – fast wie ein Mensch ...

Die Gesegneten beschäftigen sich hauptsächlich mit Konversation. Andere Tätigkeiten habe ich kaum feststellen können. Raymond wohnte einem Empfang auf höchster Ebene bei. Es war ein ganz besonderes Privileg. Vielleicht als Kompliment an Sir Oliver gedacht. Er traf sozusagen persönlich die Wahrheit der enthüllten Religion. Es war ein großartiger Augenblick. Sir Oliver ließ die Einzelheiten der feierlichen Zeremonie weg. Lady Burrows wird ihm schreiben, sie möchte sie gerne wissen. Aber ich will nicht abschweifen", sagte Sir Eliphaz. „Ich will nicht abschweifen."

„Und diesen Unsinn glauben Sie?" fragte der Arzt im Brustton tiefster Abscheu.

Sir Eliphaz wandte sich mit wehenden Bewegungen dem Fragenden zu.

„Soweit armselige irdische Worte Geistiges ausdrücken können", gab er zurück.

Er blickte seine Kollegen mit unverhohlener Herausforderung an. Sowohl Mr. Farr als auch Mr. Dad sahen etwas beschämt drein, und Mr. Dads Ohren waren rot angelaufen.

Mr. Dad räusperte sich. „Ich bin sicher, daß irgend etwas dahintersteckt – in irgendeiner Weise", sagte Mr. Dad heiser und tat sein Möglichstes, um Sir Eliphaz zu unterstützen.

„Wäre ich mit einer Hasenscharte auf die Welt gekommen", sagte der Arzt, „würde die dort drüben verschwinden? Werden auch Debile vergeistigt? Was wird aus einem Hund, den man wegen Tollwut erschossen hat?"

„Auf alle diese Fragen ist die Antwort", sagte Sir Eliphaz ungerührt, „wir wissen es nicht. Warum sollten wir auch?"

4

Mr. Huss schien sich in Gedanken zu verlieren. Sein bleiches, eingefallenes Gesicht und sein Zusammensinken in sich selbst standen in krassem Gegensatz zu der intellektuellen Rechtschaffenheit und steigenden Wut Dr. Elihu Barracks.

„Nein, Sir Eliphaz, nein", seufzte Mr. Huss.

„Was malen diese Menschen doch für ein armseliges Bild der Welt vor unseren Augen! Wie spotten sie der Verluste, wie der Liebe! Gerade die Mütter und Liebenden, die ihre Toten betrauern, werden diese dummen Geschichten nicht glauben. Wiederherstellung! Das ist die nächste Schmach! Dabei denke ich an nichts anderes als an den armen Leichnam meines lieben Sohnes, der zerbrochen und zerschmettert ist, und an irgendein Wesen, ein Mittelding zwischen Narr und Betrüger, welches ihn in Besitz nimmt, zwischen ihn und mich tritt, und über seiner Leiche billigen Unsinn über Ebenen des Seins und Astralleiber schwätzt . . .

So lehren Sie mich, Sir Eliphaz, daß das Leben, trotz aller seiner Gemeinheit und Schmerzen und Schrecken doch nicht so schlimm ist, wie es sein könnte – wenn solche Dinge wahr sein könnten. Aber man braucht die Beweise ja nicht einmal zu untersuchen, um zu wissen, daß sie falsch sind. Kein Mensch mit gesundem Verstand kann länger als zehn Minuten an solchen Unsinn glauben. Es ist unmöglich, ihn zu glauben . . ."

Dr. Elihu Barrack spendete Beifall. Sir Eliphaz

verhielt sich äußerst zurückhaltend.

„Es widerspricht allem, was wir wissen", sagte Mr. Huss. „Es überzeugt weniger als die wildesten Träume. Durch Schmerzen, durch Verlangen, durch körperliche Anstrengung, durch Sonne oder Regen, den er im Gesicht spürt, durch sein Gerechtigkeitsgefühl und durch Ähnliches prüft der Mensch die Realität der Dinge, die sich vor ihm aufbauen. Was Sie behaupten, ist sicherlich keine Realität. Es hat nicht ein Fünkchen *Gefühl* von Realität. Ich möchte darüber nicht einmal diskutieren. Es wird der leidenden Welt heute als Trost hingeworfen, aber sogar Menschen, welche durch Trauer gelähmt und unkritisch geworden sind, bringt es keinen Trost. Sie und Lady Burrows sind vielleicht froh darüber, daß sie auf irgendeine Weise, bestückt mit neuem Gebiß und verjüngtem Gesicht, den vergeistigten treuen Fido wiedersehen werden. Ich weiß jedenfalls, und dafür danke ich Gott, daß ich meinen Sohn auf diese Weise sicher nie wiedersehen werde. Niemals! Er ist von mir gegangen ..."

Einige Augenblicke lang packte ihn seelischer und körperlicher Schmerz, und er konnte nicht weitersprechen; aber in seinem schweißbedeckten Gesicht, in seiner geballten Faust war so klar seine Absicht fortzufahren zu erkennen, daß alle schwiegen, bis er wieder anhob.

„Sprechen wir jetzt offen über die Unsterblichkeit. Denn ich bin Ihr ganz offensichtlich näher als Sie alle hier um mich. Die Unsterblichkeit ist kein

Davonlaufen aus dieser seltsamen Welt, welche so düster, so schrecklich, so unerklärlich – und oft so entsetzlich einsam ist. Vielleicht gibt es einen Gott im Universum, vielleicht auch nicht ... Gott, wenn es Ihn gibt, kann schrecklich stumm sein ... Aber wenn es einen Gott gibt, dann ist es ein Gott der logischen Zusammenhänge. Wenn über uns und in dem Plan aller Dinge ein Gott waltet, dann haben nicht nur Sie und ich und mein toter Sohn, sondern auch der zertretene Frosch und der zertrampelte Ameisenhaufen *Bedeutung.* Darauf besteht der Gott in meinem Herzen. Es muß eine Antwort geben, nicht nur auf den Tod meines Sohnes, sondern auch auf den lebend gekochten Pinguin, der für einen Penny Öl gemordet wird. Es muß eine Antwort geben auf die Männer, die in Schiffen ausziehen, um solche Untaten zu begehen. Es muß einen guten Grund für all den Schmutz, das Elend, das Läuse und Leberegel über uns bringen, geben. Ich will nicht, daß sie mir ausweichen und von anderen Ebenen des Lebens und Vergeistigung schwatzen, solange es noch eine betrunkene Mutter oder einen Menschen gibt, der an Cholera stirbt. Ich will nichts von einem Gott hören, der nur als Hilfe zur Flucht benützt wird. Was uns immer an Verderbnis und Grausamkeit begegnet, muß mit Gott ausgemacht werden. Oder aber es gibt keinen Gott des Universums, nur Kälte und eine ungeheure, grausame Gleichgültigkeit ...

Mit einem solchen Gott würde ich nicht Frieden schließen, selbst wenn ich es könnte ...

Ich spreche zu Ihnen von diesen dunklen, düsteren Wahrheiten, und was antworten Sie mir? Daß alles in Ordnung ist, weil wir ihnen nach dem Tod entkommen werden. Warum! Wenn ich in Kürze unter dem Messer des Chirurgen sterbe, wenn ich aus dieser heißen, erschöpfenden Welt gehe und dann in diesem Ihrem Jenseits von einem Geisterdoktor wieder zusammengesetzt werde, in einer neuen Welt der verbindlichen Konversation und künstlichen Blumen aufwache, mein Haar wiederbekomme und meine Zahnlücken ausgebessert werden, dann werde ich mich wie jemand fühlen, der sich aus dem Krankenzimmer geschlichen hat und zu einer Party gegangen ist . . . Aber meine Krankheit wird mit mir gehen. Ich werde von nichts anderem sprechen als von der Tragödie, aus der ich gekommen bin – die noch immer eine Tragödie ist – und bleibt.

Und dennoch glaube ich an die Unsterblichkeit!“

Dr. Barrack, der bis jetzt Mr. Huss' Ausführungen mit deutlich zur Schau getragener Zustimmung gefolgt war, fuhr zusammen, stieß einen Laut des Erstaunens und des Protests aus und richtete einen anklagenden Blick auf ihn. Im Augenblick unterbrach er ihn aber nicht.

„Es ist aber nicht so, daß ich unsterblich bin, sondern der Gott in mir. Diese ganze Unsterblichkeit unserer eigenen Person, von der Sie sprechen, ist eine Verhöhnung unserer Persönlichkeit. Was ist denn so Persönliches in uns, das weiterleben kann? Was macht uns zu uns selbst? Alles ist eine Frage von unwichtigen kleinen Dingen, kleinen Unterschieden, belanglosen Defekten. Wo trifft uns die Liebe? – gerade in diesen kleinen Dingen ... Oh! Ich habe meinen Sohn aus ganzem Herzen geliebt, aber wonach verlangt mein Herz am meisten? Nach seinen guten Eigenschaften? Nein. Seinen ehrgeizigen Plänen? Den Dingen, die er geleistet hat? ... Nein, nach keinem dieser Dinge ..., sondern nach einem ganz bestimmten Erröten, das sich unter seinen Sommersprossen hinzog, nach einem bestimmten hohen Ton in seiner Stimme, nach der absurden Art, in der er von seinen Hoffnungen gesprochen hat, nach dem Klang seiner Schritte, nach der kleinen Pause, die den Rhythmus unterbrach. Das sind die Dinge, nach denen ich mich sehne ... Aber alle diese Dinge sind das Sterbliche in uns, sind jene Fehler, welche in der höheren Ebene, von der Sie sprechen, bereinigt würden. Sie wollen ihn mir geglättet, gereinigt, perfekt abgestimmt zurückgeben. Das, ich gestehe es Ihnen ein, müßte so sein, gäbe es jene höhere Ebene. Aber was läßt sie uns dann noch an persönlichen Unterschieden? Was ist dann mit der Liebe zu einem bestimmten Menschen?

Nimmt man meinem Sohn alle Fehler, dann ist er wie alle anderen Söhne auch. Wenn die älteren Männer verjüngt werden, sind sie den jüngeren gleich. In der Hoffnung, der Ehre, der Gerechtigkeit und Wahrheit gibt es keine Persönlichkeit ... Mein Sohn ist von mir gegangen. Er ist für ewig von mir gegangen. Der Schmerz verschwindet vielleicht eines Tages ... Das Unsterbliche in uns ist das am wenigsten Persönliche. Nicht Sie und ich sind es, die zu leben fortfahren; es ist der Mensch, der weiterlebt, der ewige Mensch, und er fährt fort zu leben, ein tragischer Rebell in dieser Welt und in keiner anderen ...“

Mr. Huss lehnte sich in seinen Stuhl zurück.

„In den Herzen der Menschen brennt ein unsterbliches Feuer. Durch dieses Feuer lebe ich. Durch dieses Feuer kenne ich den Gott, der mich erlösen wird. Sein Wille ist die Wahrheit; sein Wille ist das Dienen. Er drängt mich in Konflikte, ohne Trost, ohne Belohnung. Er nimmt und gibt nichts zurück. Er verbraucht und macht nicht wieder gut. Er leidet – vielleicht, um zu triumphieren, und wir müssen leiden und unsere Hoffnung auf den Triumph in ihm finden. Er läßt nicht zu, daß ich meine Augen vor Trauer, Mißerfolg oder Ahnungslosigkeit verschließe. Und mag mich auch das Universum quälen und schlagen, so vertraue ich Ihm dennoch. Und wenn Er auch sterben muß – trotzdem kann ich nicht mehr tun; ich muß Ihm dienen ...“

Er brach ab. Einige Augenblicke sprach niemand, sie alle waren durch seine Heftigkeit verstummt.

5

Elihu tadelt Job

1

„Ich weiß nicht, was Sie von alledem für einen Eindruck gewinnen", sagte Mr. Farr, sich plötzlich an Dr. Barrack wendend.

„Nun ja – es ist interessant", sagte Dr. Barrack, kreuzte die Arme über den Tisch und beugte sich vor, während er seine Worte sorgfältig wählte.

„Es ist interessant", wiederholte er. „Ich weiß nicht, bis zu welchem Maß Sie wissen wollen, was ich davon halte. Ich nehme mir kein Blatt vor den Mund."

Mit großer Liebenswürdigkeit bedeutete ihm Sir Eliphaz fortzufahren.

„Auf beiden Seiten, verzeihen Sie, wenn ich das sage, ist sehr viel Unsinn geredet worden."

Er drehte sich zu Sir Eliphaz. „Diese Geistergeschichten", sagte er, brach ab, preßte die Lippen aufeinander und schüttelte den Kopf.

„Sie sind sinnlos.

Ich habe mich etwas mit den Beweisen beschäftigt, welche in dieser Angelegenheit vorgebracht worden sind. Ich bin ein wenig Psychologe – ein

Arzt muß das sein. Sie, Sir Eliphaz, sind natürlich nicht verantwortlich für den ganzen Unsinn von vergeistigten Ziegeln und Geisterhunden aus konzentriertem Gestank, von denen Sie gesprochen haben."

Sir Eliphaz war einem Anfall nahe. „Also ich muß schon bitten!" sagte er.

„Ich wollte Sie nicht beleidigen, Sir Eliphaz! Wenn Sie nicht wollen, daß ich rede, dann werde ich schweigen; wenn Sie mich aber anhören wollen, dann sehe ich mich gezwungen, das zu sagen, was ich mir denke. Und, wie ich schon betont habe, mache ich Sie für die Dinge, die Sie gesagt haben, nicht verantwortlich. Diese ganze billige Geschichte mit den Medien wurde von Sir Oliver J. Lodge auf die Welt losgelassen, auf Menschen, die aus Kummer nicht klar denken konnten, verpackt in einem großen, dicken, eindrucksvollen Band . . . Und sehr viele haben alles, was Ihnen zu Gebote stand, versucht, das Werk ernst zu nehmen . . . Es war eine jämmerliche Angelegenheit . . . Ich zweifle nicht daran, daß es der Mann ehrlich meint, soweit er denken kann, aber wie weit denkt er schon! Bei ihm steht sture Leichtgläubigkeit für Liberalismus. Er nimmt alle Schwindeleien und Ausflüchte dieser Medien, glaubt an ihre Erklärungen, veröffentlicht ihr Gestammel und arangiert es in einer Weise, daß es beeindruckt. Betrachten Sie einmal seine Kritikfähigkeit! Weil die meisten dieser Medien recht anständige Leute sind, welche entweder gar nichts mit ihren

Enthüllungen verdienen, oder zumindest nur sehr wenig verdienen – ich glaube, Sie verlangen normalerweise nicht mehr als eine Guinee – so schwört er darauf, daß es ehrliche Menschen sind. Das ist sein grundlegender Irrtum. Jeder Arzt könnte ihm erklären, und auch ich hätte es ihm schon nach meinem ersten Praxisjahr sagen können, daß es bestimmt der letzte Triumph des menschlichen Geistes ist, die Wahrheit zu sagen. Kaum einer meiner Patienten spricht jemals die Wahrheit. Nicht, weil ihnen so ziemlich alles an kritischer Haltung und Abstand fehlt, sondern sie haben gar kein Bedürfnis, die Wahrheit zu sagen. Sie wollen große Wirkung erzielen. Die Menschen sind noch immer ihrer Phantasie unterworfen; sie haben nicht einmal angefangen, wissenschaftlich zu sein. Entweder unter- oder übertreiben sie. Das tun wir alle. Hätte ich gesehen, wie draußen auf der Straße eine Katze überfahren wird, und ich wäre hier zu ihnen hereingekommen, dann hätte ich die Geschichte sicher ausgeschmückt, sie dramatischer erzählt, die Katze schwerer verletzt, den Karren größer gemacht und so weiter. Ich hätte versucht, meine Erzählung zu rechtfertigen. Setzen Sie eine Frau in diesen Stuhl hier, befehlen Sie ihr, die Augen zu schließen und sich sonderbar zu fühlen, und sie wird es tun. Befehlen Sie ihr, Wörter und Sätze wiederzugeben, welche sich in ihrem Hirn befinden, und sie wird sie wiedergeben. Machen Sie nur eine Andeutung, daß die Ideen aus dem Fernen Orient kommen, und das, was sie sagt, wird bald ihren Ideen von asiatisch angehauchtem Englisch entsprechen. Und dabei betrügt sie Sie nicht hinterlistig und mit Absicht. Sie will nur Ihren Erwartungen entsprechen. Sie interessieren sich für sie, und jeder Mensch hat es gern, wenn sich andere für ihn interessieren, solange es nicht in allzu feindseliger Absicht geschieht. Sie wird dieses Interesse mit allen ihr zur Verfügung stehenden Kräften wachhalten wollen. Sie tut das instinktiv. Die meisten der Medien haben es nie geschafft, ein Zimmer voller Menschen in ihren Bann zu ziehen, bevor sie nicht diesen einen Weg, es zu tun, gefunden haben . . . Was können Sie schon erwarten?"

Dr. Barrack räusperte sich. „Aber das steht hier nicht zur Debatte", sagte er. „Glauben Sie nicht, daß ich, obwohl ich alle diese Geistergeschichten ablehne, den Stand der heutigen Wissenschaft als endgültig betrachte. Wir wissen ein winziges Bißchen von all dem, was es in der Welt gibt. Ich gestehe Ihnen zu, daß es Kräfte geben mag, ich würde fast sagen, Kräfte in dieser Welt geben muß, Kräfte, die allgegenwärtig sind, von denen wir bis heute nichts wissen. Nehmen wir die Elektrizität. Was wußte der Mensch in den Tagen Gilberts schon von Elektrizität? Praktisch nichts. In der frühen Steinzeit hat der Mensch wahrscheinlich nicht einmal bemerkt, daß es so etwas wie Luft gibt. Ich gestehe Ihnen zu, daß die meisten Dinge noch unentdeckt sind. Dinge, die vielleicht direkt vor unserer Nase liegen. Aber das bringt Sir Eliphaz in keine bessere Position. Diese unbekannten Dinge werden, wenn sie einmal bekannt werden, sich den Dingen, die wir schon kennen, anfügen. Sie werden unsere Vorstellungen komplizierter oder einfacher machen, aber sie werden das allgemeine Bild nicht völlig verändern. Es werden Dinge sein, die ins System gehören. Sie werden sich den Argumenten, die Mr. Huss vorgebracht hat, nicht entgegenstellen. So bin ich also, Sir Eliphaz, in den Ansichten, die Ihre Unsterblichkeit betreffen, völlig einer Meinung mit Mr. Huss. Es ist Phantasie; es ist ein Traum. Als Phantasiegebilde hat das Ganze ungefähr den Charme knarrender Böden zur Schlafenszeit; als Traum – ist es abstoßend. Wie Mr. Huss gesagt hat.

Wenn es aber jetzt um Mr. Huss und seine Ideen von Unsterblichkeit geht, dann stehe ich auf Ihrer Seite, meine Herren. Auch sie ist ein Traum. Weniger als ein Traum. Weniger sogar als ein Phantasiegebilde; es ist bloße Wortspielerei. Nehmen wir die nie erlöschende Flamme, den Geist Gottes im Menschen; sie ist in ihm, sagt er, sie ist in Ihnen, Sir Eliphaz, und auch in Ihnen, Mr. – Dad, so war doch der Name? Sie ist auch in dem Herrn dort, dessen Namen ich nicht verstanden habe; und sie ist in mir. Da ist es nun außergewöhnlich, daß keiner von uns außer Mr. Huss etwas davon bemerkt. Wie Sie darüber denken, weiß ich nicht, aber persönlich wehre ich mich dagegen, ohne meine Zustimmung zu einem Teil Gottes und eins mit Mr. Huss gemacht zu werden.

Ich ziehe es vor, ich selbst zu bleiben. Das kann man Egoismus nennen, aber ich bin von Natur aus ein egoistischer Mensch. Ein Agnostiker . . .

Sie haben mich einmal dazu gebracht, Ihnen meine Ansichten darzulegen, und so möchte ich Ihnen alles sagen. Was ist ein Agnostiker in Wahrheit? Ein Mensch, der die Grenzen der menschlichen Intelligenz voll und ganz akzeptiert, der die Welt so nimmt, wie er sie vorfindet, der sich so nimmt, wie er sich sieht, und es ablehnt, weiterzugehen. Vielleicht gibt es Legionen von anderen Welten und Dimensionen. Vielleicht gibt es eine vierte, vielleicht auch eine fünfte oder sechste Dimension, oder gar eine x-beliebige Anzahl von Dimensionen. Das geht mich nichts an. Ich lebe in unserem Weltall und in drei Dimensionen und interessiere mich für alle diese anderen Welten und Dimensionen nicht mehr als eine Wanze unter der Tapete für das große weite Meer. Es ist möglich, daß Wanzen unter der Tapete sitzen, die ein gewisses erdachtes Bewußtsein von der Existenz des großen weiten Meeres in sich tragen und vage der Ansicht sind, daß sie an dem Tag, an dem sie Keatings Schädlingsbekämpfungspulver zum Opfer fallen, dorthin gehen werden. Ich – wenn ich das Bild noch einmal verwenden darf – bleibe unter der Tapete . . .

Ich behaupte, daß ich ein Agnostiker bin. Ich habe das Universum recht genau beobachtet, seit ich es vor sechsunddreißig Jahren betreten habe. Und nicht nur, daß ich niemals einen Geist oder

Vergeistigten gesehen, gehört, gerochen noch berührt habe, Sir Eliphaz, ich habe auch niemals auch nur eine Spur von der Vorsehung, den Großen Gott Ihrer Welt gesehen, ich habe aber auch nichts von dem kleineren, moderneren Gott von Mr. Huss bemerkt. Ich habe in den Herzen der Menschen Mißbildungen, Verkalkungen, Blutgerinnsel und Fettklumpen gefunden; aber niemals einen Gott.

Sie müssen entschuldigen, meine Herren, wenn ich offen mit Ihnen spreche, aber dieser Herr, dessen Namen ich irgendeinem Grund nicht verstanden habe –"

„Farr."

„Mr. Farr hat sich und Ihnen das eingebrockt. Er hat mich in das Gespräch einbezogen, und mich interessieren diese Fragen. Es ist mir klar, daß irgend etwas an der Sache dran ist, da wir ja alle leben. Aber was dieses Etwas ist – ich bin sicher, daß mir die Gehirnwindungen fehlen, die mich befähigen, auch nur den Anfang davon zu verstehen. Ich lehne sowohl die wirren Ideen der Geistergläubigen, der Vorsehungsgläubigen ab – und in diese Sparte muß ich Sie leider einreihen, Sir Eliphaz –, aber auch der Metapher von Mr. Huss. Tatsachen . . ."

Dr. Barrack machte eine kurze Pause. „Ich glaube an die Tatsachen."

„Es spricht viel für Tatsachen", sagte Mr. Dad, der in der unverblümten Art des Doktors viel Wesensverwandtes fand.

„Was sehe ich um mich herum?“ fragte Dr. Barrack. „Existenzkampf. Über diesen möchte ich eine ganz einfache und offene Frage stellen: warum soll ich mich um die Hintergründe kümmern? Es gibt ein ‚Es‘. Es hat mich gemacht. Ich studiere es, ich beobachte es. Es hat mich zur Zielscheibe gemacht, und es versucht immer wieder, mich zu zerstören. Ich versuche mein Möglichstes, seinen Streichen zu entkommen. Es hat mich am Bein erwischt. Mein Kopf blutet, aber ich gebe nicht auf. Ich vermehre meine Art – soweit es die Umstände erlauben – ich präge mein Ich dem Universum soweit wie möglich ein. Wenn ich recht habe, wenn ich das Richtige tue und auch nur annähernd Glück habe, werde ich durchhalten, bis meine schwächer werdenden Instinkte mich zur letzten Ruhe führen. Meine Nachkommen und mein Einfluß sind der Beweis, daß ich recht getan habe. Was gibt es sonst noch? Sie können diesen Kampf nennen, wie Sie wollen. Gott, wenn Sie wollen. Aber für mich ist Gott eine antropomorphe Idee. Nennen wir es den Prozeß.“

„Warum nicht Evolution?“ fragte Mr. Huss.

„Ich ziehe Prozeß vor. Das Wort Evolution zieht doch moralische Überlegungen nach sich. Es ist ein billiges Wort. ‚Tion!‘ Evolution ruft das Bild einer systematischen und automatischen Entwicklung hervor. Der Prozeß ist komplex; er hat seine Höhen und Tiefen – wie es Mr. Huss versteht. Er ähnelt mehr einem Willen als einem Automaten. Ein Wille, der um sich tastet. Er verhält sich uns gegenüber nicht gleichgültig, wie Mr. Huss meint; er benutzt uns. Er ist uns nicht untergeordnet, wie uns Sir Eliphaz glauben machen möchte; spielt nicht die Rolle der Vorsehung nur zu unserer Bequemlichkeit und unserem Glück. Einige von uns sind der Hammer, andere der Amboß, manche sind die Funken und manche das geschlagene Arbeitsgut, welches überbleibt. Der Prozeß vertraut sich uns nicht an; warum sollte er auch? Was wir über ihn erfahren können, lernen wir und verwenden es, wie es so heißt, in der Praxis, denn das verlangt der Wille in diesem Prozeß von uns."

Mr. Dad, welchen das Wort „Praxis" aufhorchen hatte lassen, gab einen zustimmenden Laut von sich. Aber keinen sehr überzeugten: es war eher ein Darlehen als ein Geschenk.

„Und an dieser Stelle scheint Mr. Huss einen gänzlich falschen Weg einzuschlagen. Er unterwirft sich diesen Realitäten nicht. Er erfindet etwas, das er den Geist im Menschen nennt, oder den Gott in seinem Herzen, der über die Wirklichkeit richten soll. Er will das Universum nach dem heutigen Stand der Entwicklung der menschlichen Intelligenz beurteilen. Hier bin ich ganz anderer Meinung. Es gibt keinen fixen Standard. Der Mensch fährt fort, sich zu entwickeln und zu verändern. Einige Dinge beleidigen Mr. Huss' Gerechtigkeitssinn, aber das ist kein annehmbares Kriterium für Gerechtigkeit; das menschliche Gefühl für Gerechtigkeit hat sich aus etwas anderem entwickelt und wird sich wieder in etwas anderes verwandeln. Wie alles andere in uns auch, wurde er durch den Prozeß geschaffen und wird durch den Prozeß verändert werden. Er sagt auch, daß einige Dinge nicht schön sind. Auch hier möchte er verdammen. Aber nichts verändert sich so sehr wie der Sinn für Schönheit. Eine Gruppe von Kunststudenten kann es fertigbringen, eine neue Bewegung ins Leben zu rufen, Kubisten, Futuristen und was weiß ich, und Ihren Schönheitssinn verändern. Wenn man dadurch überlebt, daß man die Dinge schön sieht, so werden wir sie früher oder später schön sehen, dessen können Sie sicher sein. Ich bin überzeugt, daß auch die Hyänen einander bewundern – zumindest in der Paarungszeit . . . Und so geht es mit dem Mitgefühl und mit allen anderen Dingen auch. Jede Kreatur hat ihre eigenen Richtlinien. Nach dem Menschen kommt der Mensch von Drüben, der Mitleid als Narretei ansehen mag und sich vielleicht an Dingen erfreut, welche unserem schwachen Gemüt Schmerz bereiten. Wir müssen dem Prozeß an dem uns zugeteilten Platz und zu der uns zugeteilten Zeit gehorchen. So sehe ich die Dinge. Das ist die nackte Wahrheit, wenn man das Universum offen und klar ohne Illusionen betrachtet.“

Mr. Dads Lippen formten tonlos die Worte: „Offen und ohne Illusionen“ nach. Aber er war sehr unsicher.

Einige Momente lang saß der Arzt, die Vorderarme auf den Tisch gestützt, als habe er genug gesagt. Dann begann er wieder.

„Ich nehme an, daß sich das heutige Gespräch aus einer Diskussion über die Erziehung entwickelt hat."

„Sie würden es kaum glauben", sagte Mr. Dad.

Aber Dr. Barracks nächste Bemerkung dämmte die wachsende Zustimmung Mr. Dads wieder ein. „Mir erscheint das ganz logisch. Es wird mir immer unverständlich bleiben, wie Schullehrer und Politiker und Menschen in ähnlichen Positionen es als selbstverständlich ansehen, daß man jemanden erziehen kann und dabei die Religion und den Sozialismus und alles, woran sie glauben, außer acht läßt. Was ist Erziehung? Wir lehren die jungen Leute reden und schreiben und rechnen, damit wir ihnen sagen können, wo ihr Platz in der Welt ist und welchen Sinn wir und die Welt im allgemeinen haben, und um ihnen zu sagen, welche Rolle sie in diesem Spiel zu spielen haben. Wie können wir das tun und es dabei gleichzeitig außer acht lassen? Was für ein Spiel *ist* es denn? Das will jeder junge Mensch wissen. Ihm eine Antwort zu geben, das ist Erziehung. Entweder sagen wir ihnen offen und ehrlich, wie wir das Spiel sehen, oder aber wir geben nur vor, sie zu erziehen, obwohl wir in Wahrheit nichts dergleichen tun. Tritt dieser Fall ein, dann werden die Dummen völlig verwirrt aufwachsen und sich von jedem Schlagwort in die Irre führen lassen, und die Klugen werden denken, daß das Leben nichts als eine leere Lüge ist. Die meisten gebildeten Menschen in unserem Land glauben, daß das Leben Täuschung und Schwindel ist. Sie stolpern herum und werden nie mit der Realität konfrontiert . . . Es ist erstaunlich, wie die Menschen den Sinn für Realität verlieren können – wie es die meisten getan haben. Wie meine Patienten zu mir kommen und mir Lügen auftischen – sogar über ihre Magenbeschwerden. Der Gedanke, daß etwas direkt und vernünftig sein kann, ist ihnen völlig entfallen. Sie glauben, daß sie mir die Tatsachen vorenthalten können und ich dann, wenn ich alles andere als die Wahrheit kenne, ihren Magen durch irgendeinen Humbug dazu bringen kann, nicht mehr weh zu tun – auf irgendeine Weise . . .

Mein Credo lautet: sehen wir den Tatsachen ins Auge. Nehmen wir die Welt so, wie sie ist, und nehmen Sie sich selbst so, wie Sie sind. Und die grundlegende Idee, mit der wir uns abfinden müssen, ist, daß dieser Prozeß unsere Wünsche und Ängste und unsere moralischen Ansichten und ähnliches überhaupt nicht berücksichtigt. Er fordert uns heraus, stellt uns auf die Probe, und wenn wir diese nicht bestehen, wirft er uns zu Boden und vernichtet uns. Das entspricht vielleicht nicht der Gerechtigkeit, gemessen an Ihrem kleinen menschlichen Standard, aber es entspricht der Gerechtigkeit der Atome und der Sterne. Wie muß eine richtige Erziehung also aussehen?“

Dr. Barrack hielt ein. „Sagt ihnen, wie die Welt ist, lehrt sie jede Regel und jeden Trick des Spiels, den der Mensch bis heute gelernt hat, und sagt ihnen: *,Seid ihr selbst!'* Seid ihr selbst bis ins allerkleinste. Es hat keinen Sinn, etwas anderes zu sein, als man selber ist, denn –"

Dr. Barrack sprach, als zitiere er eine geheiligte Formel. *„Erworbene Eigenschaften kann man nicht vererben.* Euer eigentliches Ich, eure wichtigsten Erbtümer, stehen vor den Schranken des Gerichts. Werft alles, was ihr habt, in den Prozeß. Wenn euch der Prozeß will, so wird er euch annehmen; wenn nicht, so werdet ihr untergehen. Ihr könnt nichts dagegen tun – weder so noch so. Ihr seid vielleicht das Marmorstück, das in der Statue verbleibt, oder aber jenes Stück, das beiseite geworfen wird. Man kann nichts dagegen tun. *Sei du selbst!'"*

Dr. Barrack lehnte sich zurück; bei den letzten Worten hob er die Stimme und seine Hände, als wolle er auf den Tisch schlagen. Aber seine berufliche Ausbildung war so tief in ihm verwurzelt, daß er seine Hand langsam sinken ließ, denn es fiel ihm ein, daß Mr. Huss sein Patient war.

2

Mr. Huss blieb einen Augenblick lang stumm. Er war so tief in Gedanken versunken, daß ihm anscheinend nicht einmal auffiel, daß der Arzt zu sprechen aufgehört hatte.

Dann aber schreckte ihn die plötzliche Stille auf.

„Sie unterscheiden sich nicht so sehr voneinander wie Sie vielleicht glauben mögen", sagte er endlich.

„Alle Ihre Argumente führen zum gleichen Schluß, ganz gleich wie weit voneinander Sie beginnen. Sie behaupten, daß das Leben eines Menschen vielleicht nur ein Abschnitt ist . . .

Und", spann er seinen Gedanken weiter, „ein Leben in Unterwerfung."

„*Nicht* Unterwerfung", merkte Dr. Barrack als eine Art Fußnote an.

„Sie, Sir Eliphaz, behaupten, das Universum werde von einer allweisen und gütigen Vorsehung gelenkt. Daß Er diese Welt leitet, mit Zielen, die wir nicht verstehen können; wünschenswerte Ziele wohl, würden wir sie verstehen, aber sie sind uns eben unverständlich; daß dieses Leben, dieses ganze Universum, nur der Anfangspunkt für eine sich entwickelnde Reihe von unsterblichen Leben ist. Und daraus schließen Sie, daß der Mensch in diesem Plan nur die Rolle eines vertrauensseligen Kindes zu spielen braucht, dessen einzige Aufgabe es ist, die Höheren Mächte nicht zu verärgern, ein Kind, welches nur ein paar einfache, ihm angepaßte Pflichten erfüllen muß, um mit völliger Sicherheit bewahrt, gelobt und weitergeführt zu werden."

„Der einfache Glaube hat viel für sich", sagte Sir Eliphaz. „Sie mögen sich darüber lustig machen, wie Sie wollen."

„Ihre Ansicht, Dr. Barrack, ist eine viel härtere; Sie behaupten, daß der Prozeß völlig außerhalb unseres Wissens und unseres Einflusses steht. Wir können ihn nicht verändern, ihn nicht besänftigen. Er macht aus einigen von uns Träger eines ehrenvollen, aus anderen die eines unehrenhaften Lebens. Er hat unsere Rasse in die schwarze Finsternis des Weltraums gezeichnet, und er kann uns wieder auslöschen. So sieht das Schicksal aus . . . Wir können nur unseren Erkenntnissen und Instinkten folgen . . . Schließlich und endlich vereinigt sich in der Praxis Ihre Lehre mit der von Sir Eliphaz. Sie unterwerfen sich den Dingen, die da sind; er freudig und vertrauensvoll – mit einer gewissen altmodischen Höflichkeit, Sie düster – im modernen Stil . . .“

Einige Augenblicke lang verharrte Mr. Huss mit zusammengepreßten Lippen, als lausche er den Schmerzen in sich. Dann sagte er: „Ich tue das nicht.

Ich unterwerfe mich nicht. Ich rebelliere – nicht durch meine eigene Stärke noch aus eigenem Impuls. Ich rebelliere durch den Geist Gottes in mir. Ich rebelliere nicht nur, um schwache Abwehrgesten gegen das schwarze Chaos und die Grausamkeit von Raum und Zeit zu vollführen, sondern weil ich Herr sein will. Ich bin ein Rebell des Stolzes – ich bin stolz auf den Gott in meinem Herzen. Ich bin der Diener eines rebellierenden, abenteuerfreudigen Gottes, dem es noch immer gelingen kann, Ordnung in das schreckliche und grausame Chaos zu bringen, in dem mit uns wie mit Blättern im Wind gespielt wird, ein Gott, der, trotz alles äußeren Anscheines, noch immer über sie herrschen und sie formen kann."

„*Was* für eine Welt wird das sein!" flüsterte Mr. Farr, unfähig sich zu beherrschen und doch etwas beschämt wegen des hämischen Zwischenrufs.

„Was für eine Welt ist es denn jetzt, Farr! Was für eine lauernde, hinterlistige Welt! Erweist sie *Ihnen* einen Dienst? Sie ist so unsicher geworden, daß das Schicksal auch Ihnen plötzlich sein gräßliches Antlitz zeigen kann . . . in eben dem Augenblick, in dem Sie den Diebstahl an mir . . .

Aber Sie sehen ja, wie ich mich von Ihnen allen unterscheide. Sie sehen, daß der Inhalt meines Lebens und meines Unterrichts – meines Unterrichts – trotz aller Schwächen und Irrtümer und Mißerfolge ein Kampf gegen das dunkle Wesen des Universums ist, welches uns alle zu zermalmen versucht. Das jetzt über mir lauert, in dem Augenblick, in dem ich zu Ihnen spreche . . . Es ist ein Kampf gegen die Unordnung, es ist die Weigerung, sich so zu unterwerfen, wie Sie es alle getan haben, die entschlossene Ablehnung dieses freiwilligen Todes im Leben . . ."

Er befeuchtete seine Lippen und fuhr fort.

„Das Ziel und der Inhalt jedes wahren Unterrichts ist es, Männern und Frauen vom Ringen Gottes zu erzählen, von den Anfängen des Lebens auf diesem einsamen kleinen Planeten mitten unter den endlosen Sternen, und wie sich diese Anfänge entfaltet haben; ihnen zu zeigen, wie sich der Mensch in endlosen Zeiträumen vom Tier erhoben hat, und die Art des Kampfes, den Gott durch den Menschen führt, um schließlich alle Menschen zusammenzuführen, aus sich selbst heraus mit Gott zu einem gemeinsamen Leben und gemeinsamer Anstrengung. Die Art dieses göttlichen Kampfes ist das Kernstück unseres Disputs. Es ist ein Kampf, in dem man den Sieg erhofft, sich seiner aber nicht sicher ist. Sie, Sir Eliphaz, haben ins Treffen geführt, daß es ein unwirklicher, ein Scheinkampf ist, daß in Wirklichkeit alle Dinge vollkommen aneinander angepaßt sind und unserem endlichen Glück dienen, und als ich Sie nur ein wenig an die verborgenen Schrecken um uns herum erinnerte, haben Sie den Bereich, in dem man belohnt wird, in eine andere – in eine unglaubhafte – Welt verlegt."

Wohltönend verlieh Sir Eliphaz seiner Ablehnung Ausdruck. Dann machte er eine schwungvolle Bewegung mit seiner langen Hand, als Mr. Huss schwieg und ihn ansah. „Fahren Sie doch fort", sagte er. „Fahren Sie fort!"

„Und jetzt komme ich zu Ihnen, Dr. Barrack, und Ihrem modernen Fatalismus. Sie behaupten, daß das Universum nicht lenkbar ist – auf keinen Fall. Und unverständlich. Im Guten und im Bösen – wir können nichts anderes sein als unser tatkräftiges Selbst. Sie müssen, so sagen Sie, *Sie selbst sein.* Und ich antworte, daß Sie sich völlig in etwas Größerem verlieren müssen – in Gott . . . In Ihren Ansichten und den meinen, Doktor, besteht eine seltsame Ähnlichkeit und ein genauso seltsamer

Unterschied. Ich habe den Eindruck, daß Sie die Welt in sehr ähnlicher Weise sehen wie ich, nur sehen Sie sie kalt, als wäre es vor dem Sonnenaufgang, und ich –"

Er hielt ein. „Sie ist in Licht getaucht", bemerkte er mit auffallend ausdrucksloser Stimme. „In Licht . . . Licht . . ."

Er verfiel in Schweigen. Eine Zeitlang schien es, als habe ihn das Licht, von dem er sprach, verlassen und ein Schatten verschluckt. Als er wieder zu sprechen begann, spürte man die große Anstrengung.

Er wandte sich an Dr. Barrack. „Sie sind der Ansicht", sagte er, „dieser Prozeß, von dem Sie sprechen, habe einen Willen, der die Dinge irgendwohin führt, irgendwohin, wo es größer und besser wird, jedenfalls aber weitergeht. Ich behaupte, daß es überhaupt keinen Willen als in und durch uns gibt. Wenn es überhaupt einen Willen gibt . . . Ich behaupte, daß selbst Ihre Maxime ‚Seien wir wir selbst' ein Paradoxon ist, denn wir können erst dann wir selbst sein, wenn wir uns in Gott verloren haben. Ich habe zu Sir Eliphaz und zu Ihnen, seit Sie sich dieser Runde angeschlossen haben, von der grenzenlosen Verwirrung und dem Bösen der Natur gesprochen. Lassen Sie mich jetzt zu Ihnen von dem grenzenlosen Leid sprechen, das der Verwirrung der Menschen entspringt und Zeitalter um Zeitalter überdauert, bis die Menschen im Geist und in Wirklichkeit vereint sind oder sich durch ihre eigene Unlogik selbst vernichten. Ich weiß nicht, ob der Mensch gerettet werden wird oder zugrunde geht. Es hat Zeiten gegeben, in denen ich überzeugt war, daß Gott in uns triumphieren wird . . ., aber dunkle Schatten haben sich über mein Gemüt gelegt . . .

Denken Sie daran, wie es heute um die Lage des Menschen bestellt ist, denken Sie daran, wo er heute steht, da er noch nicht begonnen hat, sich intensiv und ehrlich mit der Wirklichkeit zu beschäftigen; weil, wie Sie behaupten, die Menschen das Leben nehmen, wie sie es vorfinden, weil *sie sie selbst sind,* ungeachtet der Geschichte, und nicht erkennen, daß sie in Wahrheit nur Stücke eines großen Abenteuers in Raum und Zeit sind. Seit vier Jahren bewegt sich die Welt immer tiefer und tiefer in eine Tragödie . . . Unser Leben, welches so sicher schien, wird unsicher, immer unsicherer . . ., sechs Millionen Soldaten, sechs Millionen junge Männer, sind allein auf dem Schlachtfeld gestorben. Dreimal soviel sind verstümmelt und verwundet worden, und genauso viele, die keine Soldaten waren, sind ebenfalls umgekommen. Das aber war nur der Anfang der über uns hereingebrochenen Katastrophe. Alle zwischenmenschlichen Beziehungen sind Spannungen unterworfen; Straßen, Schiffe, Ernten wurden zerstört; und hinter der blutigen, stürmischen Tragödie dieses Krieges taucht das abgezehrte, entsetzliche Gesicht einer weltweiten Hungersnot auf, und hinter ihr die unabwendbaren Begleiter der Hungersnot, die Seuchen. Sie, meine Herren, die Sie eine so wichtige Rolle bei der Beschaffung des Materials für diesen Krieg gespielt haben, Sie, welche jeden Grund haben, in nutzbringend verbrachten Tagen und zielsicher angewendeten Energien einen flüchtigen Lichtschein auf jenen düsteren Dingen zu sehen, Sie werden mir wahrscheinlich sagen, daß ich nicht genügend Glauben habe, wenn ich nichts sehe, was die Verwüstung und Zerstörung der letzten vier Jahre und der noch größeren Verwüstung und das sinnlose Chaos von Armut und Krankheit, welche uns noch bevorstehen, wiedergutmacht. Sie werden mir wahrscheinlich sagen, daß die Welt eine Lektion gelernt hat, welche sie auf keine andere Weise hätte lernen können, daß wir eine weltumspannende Liga der Nationen ins Leben rufen und den Krieg beenden werden. Worauf aber wollen Sie Ihre Liga der Nationen aufbauen? Welche Fundamente haben Sie in den letzten vier Jahren gebaut außer Ruinen? Wirkt in den Menschen bereits eine gemeinsame Idee, gibt es eine gemeinsame Basis des Verstehens? Sie nehmen die Welt noch immer so, wie Sie sie vorfinden, Sie sind mehr denn je Ihr durch nichts gemildertes Selbst, und unterhalb der wenigen Profitgierigen erhebt sich eine wölfische Meute und kämpft um Brot. Es gibt keine gemeinsamen Ideen in den Köpfen der Menschen, auf welchen man aufbauen könnte. Wie anders könnten sich die Menschen vereinigen, wenn nicht durch gemeinsame Ideen? Die Schulen haben die Welt im Stich gelassen. Gibt es einen gemeinsamen Gedanken in dieser Welt? Nur das laute Geplärr primitiver Zeitungen, die gehaltlosen Posen der Politiker. Sie können zusehen, wie sich in Osteuropa das Chaos ausbreitet und wie Westeuropa Stück um Stück zerbricht und ins Chaos versinkt. Kunst, Wissenschaft, zusammenhängende Gedanken, kreative Bemühungen sind in Rußland schon längst, vielleicht schon seit Jahrhunderten, ausgestorben; in Deutschland sind sie im Begriff zu verschwinden; die Universitäten des Westens sind blutleer, ihrer Jugend beraubt. Dieser Krieg, der anfangs wie die Morgendämmerung eines herrlichen Zeitalters erschien, hat angesichts dieser großen Katastrophe jede Bedeutung verloren. Franzosen, Engländer und Amerikaner drängen die Deutschen aus Paris hinaus. Können sie sie auf eine ausreichende Distanz zurückdrängen? Wird der neue Gegenstoß nicht schwächer sein und genausowenig Erfolg haben wie alle anderen? Gleich, welche Seite zuerst erschöpft aufgibt, es wird das Ende kaum verändern. Und das Ende ist Erschöpfung – Erschöpfung sowohl geistiger als auch physischer Natur, das Unvermögen, etwas zu erfassen und zu verstehen, das völlige Aufhören des bloßen Versuchs, etwas zu erfassen und zu verstehen, das Erschlaffen jeder Art von Bemühung . . .“

„*Was für einen Sinn* hat denn eine solche verzweifelte Einstellung?“ fragte Mr. Dad.

„Ich verzweifle nicht. Nein. Aber was für einen Sinn hat es, sich inmitten von Mißerfolg und wachsenden Katastrophen etwas über Hoffnung und Erfolg vorzumachen? Was für einen Sinn hat es, zu behaupten, daß die Menschheit – automatisch – über den Geist des Bösen siegt, wenn sie für alle ersichtlich Position um Position verliert, sichtbar auch den Mut verliert? Was für einen Sinn hat es, so zu tun, als herrschte in diesem schwärenden Abfall, in dieser sturmgepeitschten Öde sinnloser Dinge Ordnung und Wohltätigkeit oder irgendein unverständlicher großartiger Prozeß? Es gibt nirgends einen Sinn, nirgends eine Schöpfung, außer das unsterbliche Feuer, den Geist Gottes in den Herzen der Menschen . . . der untergehen wird . . . der, so scheint mir, untergehen muß."

3

Er unterbrach sich wieder. Dr. Barrack räusperte sich.

„Ich will nicht hartnäckig sein", sagte Dr. Barrack. „Ich achte tiefe Gefühle. Man muß tiefe Gefühle achten . . . Aber ich kann um nichts auf der Welt in dieser Phrase, *der Geist Gottes in den Herzen der Menschen,* viel Sinn sehen. Es ist sonst nicht meine Gewohnheit, einen Patienten nicht in Ruhe zu lassen, aber diese Unterredung ist so interessant – es ist ein außergewöhnlicher Anlaß. Ich möchte Sie, Mr. Huss, offen fragen, ob mehr dahintersteckt oder ob es bloß eine Phrase ist?"

Er bekam keine Antwort.

„Worte", sagte Mr. Dad. „Nur Worte. Hätte

Mr. Huss drei Monate des Kriegs damit verbracht, eine große Maschinenfabrik zu leiten –"

„Ich bin sehr skeptisch", fuhr Dr. Barrack fort, nachdem er Mr. Dad einen Augenblick lang fixiert hatte, um zu sehen, ob dieser mit seinem Satz fortfahren wollte. „Ich brauche Dinge, die ich spüren und greifen kann. Ich bin Agnostiker von Natur aus, Gewohnheit und durch meinen Beruf. Als ungläubiger Thomas geboren und erzogen. So wie ich es sehe, ist Mr. Huss in der Frage des Universums auch ein Agnostiker. Sogar noch mehr als ich einer bin. Er zweifelt mehr, als ich es tue. Er bezweifelt, ob es überhaupt die Spur eines Plans oder einen darin enthaltenen Sinn gibt. Was ich den Prozeß nenne, nennt er sturmgepeitschte Öde. Er glaubt, daß das Chaos noch auf einen Schöpfer wartet. Dem stellt er aber dieses sein unsterbliches Feuer gegenüber, diesen Geist Gottes, welcher in ihm leuchtet und nur darauf wartet, in uns entzündet zu werden, eine Art von aufstrebender Lehrling, der den Beruf des Schöpfers lernt. „Nun –"

Dr. Barrack runzelte die Stirn und dachte über seine Worte nach.

„Ich wüßte gerne mehr über das tatsächliche Resultat dieses Feuers. Ich gebe zu, daß in der Idee eine gewisse Poesie liegt, aber ich bin ein einfacher und praktischer Mensch. Geben Sie mir irgend etwas, wodurch ich dieses Feuer erkennen kann, und ich werde es wiedererkennen, wenn ich es sehe. Ich frage nicht, *warum* es ‚unsterblich' genannt wird. Darüber möchte ich mich in keine Spitzfindigkeiten einlassen. Aber was bedeutet dieses unsterbliche Feuer für unser tägliches Leben? In irgendeiner Weise hängt es mit dem Geschichtsunterricht an unseren Schulen zusammen." Ein schwacher Laut des Spottes ließ seinen Blick zu dem Gesicht zu seiner Rechten schweifen. „Mir erscheint das nicht so komisch, wie es anscheinend Mr. Farr erscheint. Es interessiert mich. Es gibt Dinge, die dafür sprechen. Aber ich glaube, daß es verschiedene Verbindungen gibt, die Mr. Huss nicht aufgezeigt hat, und etliche wichtige Punkte, die er noch erklären muß. Dieses unsterbliche Feuer ist etwas, das in Mr. Huss brennt, und aus seinen recht unmißverständlichen Andeutungen schließe ich, daß es seiner Meinung nach auch in mir – und in Ihnen, meine Herren, brennen sollte. Es ist etwas, das uns unsere kleinlichen persönlichen Schwierigkeiten vergessen läßt, uns selbst vergessen läßt, und uns alle gegen – etwas vereint. Das ist meine erste Frage – gegen was? Ich verstehe den zwingenden Grund und den Wert dieser Vereinigung nicht. *Ich* glaube, daß uns die Natur und die Notwendigkeit zwingen, gegeneinander zu kämpfen, daß wir einander in diesem Kampf abschleifen und unsere Ecken abstoßen. Ich glaube, daß aus diesem Existenzkampf die Dinge besser und immer besser hervorgehen werden. Nach unserem derzeitigen Standard sind sie vielleicht nicht besser, aber am Standard des Prozesses gemessen schon. Manchmal mögen die Mühlen des Prozesses überwältigend grausam, hart und mitleidlos erscheinen; es ist nur die Frage, wie man es sieht. Aber Mr. Huss glaubt nicht an diesen Kampf. Er möchte den Geist der Menschen formen und sie lehren, nicht gegeneinander zu kämpfen, sondern miteinander zu leben und zu arbeiten. *Wofür?* Das ist meine zweite Frage? *Wofür?* Meine Idee des immerwährenden Kampfes zur fortschreitenden Verbesserung erscheint mir viel Vernunft zu enthalten, zumindest weist sie uns eine Richtung und bringt uns weiter; es liegt aber keine Vernunft in der Behauptung, wir kämpfen immer weiter und heftiger denn je zuvor, während wir in Wahrheit diesen Kampf einzustellen versuchen, der doch das Leben vorantreibt – wenn wir es können – wenn wir es können. Das ist das Paradoxon von Mr. Huss. Wenn es weder im Heim noch draußen Wettbewerb und Krieg gibt, wenn sich Katze und Vogel vertragen, wenn der Geist dieses menschlichen Gottes selbst im Dschungel und auf dem Meer regiert, wohin steuern wir dann? Die Zeit schreitet voran. Der Mensch aber bleibt stehen. Wenn er den persönlichen Wettbewerb aufgibt, dann bleibt er stehen. Mr. Huss sieht mich an, als täte ich ihm unrecht, dies zu sagen. Gut, dann muß er mir diese Fragen beantworten: *wogegen* führt uns dieser lebendige Gott, und *wofür* leben wir?“

4

„Ich möchte Ihnen zuerst erklären, wogegen der Geist Gottes kämpft", sagte Mr. Huss.

„Ich will gar nicht bestreiten, daß Ihr Prozeß Gutes hervorgebracht hat; er hat all das Gute im Menschen gemacht wie auch das Böse. Er hat es ohne Unterschied geschaffen. In uns – in manchen von uns – hat er den Willen geschaffen, das zufällig entstandene Gute zu ergreifen und es von dem zufällig entstandenen Bösen zu trennen. Der Geist Gottes erhebt sich aus Ihrem Prozeß, als wäre er ein Teil dieses Prozesses ... Mit seiner Ausnahme sind das Gute und das Böse unentwirrbar ineinander verschlungen; gute Dinge werden zu Bösem und Böses wird teilweise oder gänzlich durch gute Resultate wiedergutgemacht. ‚Gut' und ‚böse' bedeuten nur für uns etwas. Den Prozeß kümmern sie nicht; er formt, er zerstört, er ist dem einen günstig, er quälte den andern. Aus eigenem heraus bewahrt er nichts und setzt nichts fort. Er kümmert sich einfach um nichts. Aber für uns hat er Gelegenheiten geschaffen. Das Leben ist eine Gelegenheit. Wenn wir selbst nicht das Leben und den Prozeß annehmen, während wir mitten in ihm stehen, dann wird er wieder unkontrollierbar und wird uns bald gänzlich vernichten. Sie, Doktor, glauben letztlich doch an ein gutes Ende, genauso wie es Sir Eliphaz tut. Ich blicke tiefer, denn mich hat die Gesundheit nicht blind gemacht. Sie glauben, daß nach dem Menschen eine Art herrlicher Übermensch kommt. Eine wohltuende Täuschung! Nach dem Menschen kommt nichts, wenn es der Mensch nicht selbst will. Wir werden so sorglos ausgelöscht werden, wie wir entstanden sind, und etwas anderes wird an unsere Stelle treten, genauso zusammenhangslos und ziellos, etwas, das nicht notwendigerweise besser oder schlechter ist, sondern nur anders und seinerseits wieder ausgelöscht werden wird. Wenn uns nicht der in uns arbeitende Geist Gottes dazu bringen kann, vom Universum für uns und für Ihn Besitz zu ergreifen, dann wird das eben durch die Natur Ihres Prozesses bedingt. Ihr Prozeß ist einfach das Chaos; der Mensch die Gelegenheit, die vorübergleitende Gelegenheit, Ordnung in das Chaos zu bringen.

Die Menschen schreiben und reden, als wäre der große, unsere Welt zerstörende Krieg eine dramatische und zwangsläufige Angelegenheit. Sie sprechen von ihm wie von einer Läuterung, einer wichtigen Lektion, einem Abschnitt der Geschichte, welcher das Ende aller Kriege und Unstimmigkeiten anzeigt. So könnte es sein. Aber ist es so und wird es so sein? Ich habe Sie vorhin ersucht, das tierische Leben so zu sehen, wie es ist, das Leben, wie wir es im allgemeinen kennen. Ich glaube, es ist mir zu einem kleinen Teil gelungen, Ihnen mein Gefühl von der Seichtheit unseres Glaubens an ein natürliches Glück nahezubringen. Die armen Tiere müssen leiden. Ich bitte Sie jetzt, genauso ehrlich die Dinge zu betrachten, die Menschen in diesem Krieg getan und erlitten haben. Es ist unbestreitbar, daß sie einen außerordentlichen Einfallsreichtum gezeigt haben, wenn es um im Krieg verwendete Erfindungen ging, und daß sie eine erstaunliche Fähigkeit zu Opfern und Mut entwickelt haben; aber ich behaupte, es ist ebenso eindeutig, daß erlittene Schmerzen und Qualen der menschlichen Rasse keine Lektion waren, kaum eine jedenfalls, und daß ihre Maschinen hauptsächlich zu ihrer Zerstörung dienen. Die einzige Lehre, die einzige Verbesserung, welche dieser Krieg bewirken kann, kommt erst dann, wenn der Mensch, durch göttlichen Mut geleitet, sagt: ‚Dies und alle ähnlichen Dinge müssen ein Ende finden ...‘ Ich höre aber nirgends, daß sie das sagen. Ich sehe im Gegenteil, daß sehr viel an menschlicher Energie und Fähigkeit für Dinge verschwendet werden und wurden, welche direkt zu nutzlosen Handlungen und zum Auslöschen des Menschen führen.

Das Schlimmste an diesem Krieg ist aber nicht die Dummheit und Grausamkeit, die in ihm zu finden ist, sondern die Perversion, die sich durch ihn zieht. Ich bitte Sie, die spärliche Intelligenz, welche den Krieg hervorgerufen hat, und die absolute Unfähigkeit der Kräfte des Guten, ihn zu beenden, der Intelligenz und Verbissenheit gegenüberzustellen, die aufgewendet wurde, um Giftgas zu Kriegszwecken verwendbar zu machen. Denken Sie einmal an die Genialität, an die sorgfältige Ausführung; an die verschiedenen Arten von Granaten, welche verwendet wurden, an die ausgeklügelten Mechanismen, welche das Ausströmen des

Giftgases verzögern sollen, damit die Soldaten überrascht werden, nachdem sie ihre Gasmasken abgenommen haben. Eine Methode, derzeit von den Deutschen bevorzugt, ist die Anwendung von zwei verschiedenen Arten von Giftgas. Sie nehmen jetzt ein Gas, daß nicht so gefährlich, aber so schleichend ist, daß es in die Gasmasken eindringt und Übelkeit und Erbrechen hervorruft. Der Soldat befürchtet zu ersticken, in unkontrollierbarer Angst reißt er sich die Schutzmaske vom Gesicht. Und dann wird das gröbere, tödlichere Gas eingesetzt. Das atmet er dann tief ein. Es verschlägt ihm den Atem; er erkennt, was er getan hat, aber es ist zu spät; der Tod schnürt ihm die Kehle zu; und er stirbt unter grauenhaften Qualen. Sie husten, sie taumeln, sie wälzen sich am Boden, es ist ihnen schrecklich übel ... Sie sterben keuchend und röchelnd, die Augen quellen hervor ... So werden die Menschen jetzt getötet; es ist nur eine von vielen Methoden, ekelerregend, unwürdig, ungeheuerlich, aber intelligent, technisch bewundernswert ... Sie können nicht leugnen, Dr. Barrack, daß diese raffinierte Mischung eine der letzten Früchte Ihres Prozesses ist. Soweit hat Ihr Prozeß den Menschen seit den Tagen des Ackerbaus und der Viehzucht der Steinzeit gebracht.

Und jetzt sagen Sie mir, wie die Vorwärtsentwicklung der Menschheit auf irgendein Ziel hin durch diesen edlen Auswuchs des Prozesses gesichert wird. Geistige Kapazität, industrielle Energie werden ohne Zögern verwendet, um dieses Grauen möglich zu machen; Unmengen junger Männer werden verstümmelt oder getötet. Wird dabei eine Auswahl getroffen? Können Sie sich vorstellen, daß auf diese Art der Mensch, das Leben oder das Universum irgendwie weiterkommen?

Warum tun sie solche Dinge?

Sie tun sie nicht, weil sie einen ausgeprägten, organisierten Drang zum Bösen haben. Wenn Sie die vielen Versuchsreihen betrachten, welche zur Verwendung dieses Giftgases führten, dann werden Sie sehen, daß sie das Resultat der Arbeit einer Menge von recht liebenswerten, ehrbaren und wohlmeinenden Menschen waren. *Jeder hat seinen Teil getan,* wie es Mr. Dad ausdrücken würde; jeder, um Ihre Phraseologie zu verwenden, Doktor, war er selbst und machte Gebrauch von seiner besonderen Gabe, wie es der Lauf der Welt um ihn verlangte; jeder, Sir Eliphaz, *nahm die Welt in aller Bescheidenheit so, wie er sie vorfand.* Alle lebten in einer unwissenden Welt, in der es keine gemeinsame Idee, keinen gemeinsamen Plan gab, eine Welt, welche ihre wahre Geschichte nicht kannte und keine Ahnung von ihrer Zukunft hatte. Und alle schlitterten in diese Schrecken, da sie keine weltumspannende Ausbildung hatten. Aus diesen Schrecken lernt keiner eine Lektion, kann aus demselben Grund kein Wille entstehen. Jeder Mensch lebt in Unkenntnis seiner eigenen Lebensbedingungen, von der Hand in den Mund, heute von einem, morgen von einem andern Schlagwort mitgerissen.

Lassen Sie mich ein anderes Beispiel aufgreifen, wie menschliche Fähigkeit und Energie, wenn man sie sich selbst überläßt, ohne Koordination, ohne einen gemeinsamen Zweck, ohne einen Gott, blind in die Sackgasse nackter Ungeheuerlichkeit rennt. Denken Sie ein wenig daran, was ein Unterseeboot ist und was es bedeutet. Hier in England sehen wir das Unterseeboot als Mordinstrument an, aber wir halten es doch für eine geniale Konstruktion und keinesfalls für etwas, das die steuernde Hand peinigt und vernichtet. Ich möchte Sie nicht an die Geschichten erinnern, von denen unsere Zeitungen voll sind; von Menschen, die in der Nacht ertrinken, von überfüllten Rettungsbooten, in denen Seeleute und Passagiere beschossen werden und versinken, von Menschen, die sich an das U-Boot klammern, ihre Schwimmwesten verlieren und um so sicherer ertrinken, wenn das Boot taucht. Ich möchte, daß Sie an das Unterseeboot als solches denken. Es besteht die irrsinnige Ansicht, Töten finde, wie grausam es auch immer gehandhabt wird, seine Berechtigung im Überleben des Mörders. Das nehmen wir zum Beispiel als Entschuldigung für die Ausrottung der Eingeborenen von Tasmanien, welche, wo immer man ihrer ansichtig wurde, erschossen wurden und denen man vergiftetes Fleisch auf ihre Wege legte. Das Erstaunliche an den Unterseebooten aber ist, daß sie auch ihre eigenen Mannschaften quälen und töten. Sie sind Wunder an kurzsichtiger Erfindungsgabe, angewendet zum unrentablen, sinnlosen Töten der

Deutschen und ihrer Feinde. Sie sind fast klassische Beispiele der ausgeklügelten Sinnlosigkeit und des Schreckens, in den einseitige Ideen über das Leben, kriegerische, rivalisierende Ideen die Menschheit stoßen.

Nehmen Sie irgendeinen armen deutschen Jungen von ganz gewöhnlicher Intelligenz, ganz normaler Veranlagung zu Freundlichkeit und Edelmut, der auf einem solchen Schiff anheuert. Nehmen Sie seinen Fall, und denken Sie einmal daran, was wir ihm antun. Er ist ein Beispiel dafür, was wir der Menschheit antun. Als Kind ist er erfindungsreich, belehrbar, formbar. Er ist aber auch egoistisch, gierig und mißtrauisch. Er läßt sich leicht führen und leicht erschrecken. Er macht gerne etwas, wenn er weiß, wie er es tun muß; er ist fähig zur Zuneigung und zur Abneigung. Er ist ein Blatt leeres Papier, auf das alles geschrieben werden kann. Seine Eltern, seine Freunde, seine Schule bilden ihn. Bringen sie ihm irgend etwas aus der großen Geschichte der Menschheit bei? Lehren sie ihn, daß er der Blutsbruder aller Menschen ist? Lehren Sie ihn etwas von den Entdeckungen, von den Forschungen, von den Bemühungen und Errungenschaften des Menschen? Nein. Sie lehren ihn, daß er zu einer blonden und wunderbaren Rasse gehört, zu der einzigen Rasse, die auf diesem Planeten zählt. (Es hat eine derartige Rasse nie gegeben; sie ist eine bloße Lüge, geschaffen zur Verdammnis des Menschen.) Und diese Lehrer rufen in ihm Mißtrauen und Haß und Verachtung für alle anderen

Rassen hervor. Sie stopfen seinen Geist mit Angst und Feindseligkeit voll. Sie erklären ihm, daß alles Deutsche gut und herrlich ist. Alles, was nicht deutsch ist, ist gefährlich und böse. Sie nehmen den Schmierenkomödianten von einem Kaiser in Potsdam und erheben ihn so lange in den Himmel, bis er in der Seele des Jungen wie ein Stern scheint . . .

Der Junge wächst als geistiger Krüppel auf; seine Fähigkeit zur Hingabe und Selbstaufopferung wird umgewandelt zu fanatischer Loyalität für den Kaiser und Haß gegen alles Fremde. Und nun kommt dieser Krieg, und der Junge brennt darauf, sich dorthin zu stellen, wo er gebraucht wird. Man sagt ihm, daß der U-Boot-Krieg der sicherste Weg ist, den Feinden seines Landes den Todesstoß zu versetzen. In einem Unterseeboot zu sein heißt, einen Speer in der Hand zu haben. Er wagt nicht zu hoffen, daß man ihn zu diesem bedeutenden Unternehmen einberuft; ein Unternehmen, würdig eines Fürsten. Aber er hat Glück; es ergeht der Ruf an ihn. Er wird für den Dienst im Unterseeboot ausgebildet . . .

Ich weiß nicht, wieweit Sie, meine Herren, sich an Ihre Jugend erinnern. Ein Lehrer denkt vielleicht viel mehr daran, da er ja unentwegt daran erinnert wird. Es ist jedenfalls eine Zeit der edlen Gefühle, des grenzenlosen Ehrgeizes, die Zeit eines neuerwachten, aufnahmefähigen Sinns für Schönheit. Der junge Mann sieht sich als Held, der für seinen Halbgott, den Kaiser, ficht, für sein geliebtes Deutschland, gegen die kalten, bösen Barbaren, die sich seinem Land entgegenstellen und es zerstören wollen. Er durchläuft die Zeit des Drills, der Übungen. Er steigt zum ersten Mal in das Unterseeboot, klettert den engen Turm hinunter. Es ist kalt, aber wunderbar; eine herrliche Maschine. Wie kann ein solcher Hort von Erfindungen, Genialität, bester Arbeit in Stahl, feinster Handarbeit etwas anders sein als richtig? Vor seinem geistigen Auge erstehen Bilder eines stolzen gegnerischen Schiffes, getroffen auf den Meeresgrund sinkend, während er sein Tun mit ernstem Stolz überdenkt, mit kaum gezügelter Begeisterung, das Gefühl des gerächten Deutschlands in ihm aufsteigt . . .

Auf solche Weise hat man seine Gedanken beeinflußt. Diese Art von Geisteshaltung wird überall erzeugt, in allen jungen Männern auf der ganzen Welt . . . Weil es eben keinen gemeinsamen Plan gibt, weil jeder, der sich mit der Erziehung dieses Jungen befaßt hat, jeder, der an diesem Unterseeboot mitgewirkt hat, ‚er selbst gewesen ist‘, ‚sein Teil getan hat‘, seine eigenen Impulse und Interessen verfolgt hat, ohne Rücksicht auf das Ganze, ungeachtet irgendeines Planes oder eines Ziels im Leben der Menschen, den Geist Gottes nicht beachtend, welcher uns vereinen will und uns dazu bringen könnte, unsere Gaben und Kräfte zum Wohl aller anzuwenden.

Lassen Sie mich die Geschichte dieses Jungen weitererzählen . . .

Es kommt ein Tag, an dem er seine Taten als das

erkennt, was sie sind. Er steht an einem der Geschütze des Unterseeboots, während irgendein unglückseliges Handelsschif angegriffen wird. Er erkennt plötzlich, daß der Krieg, den er führt, kein heroischer Kampf gegen Stolz oder Vorherrschaft ist, sondern ein gemeiner Mord am Seehandel. Er sieht, wie das kleine Schiff angeschossen wird, wie die Unglückseligen verwundet oder getötet werden, keine Tyrannen des Meeres, sondern einfache Seeleute wie er selbst; er sieht, wie ihre Rettungsboote in Stücke geschossen werden. Meistens geschieht es in der Morgen- oder Abenddämmerung, daß ein Schiff versenkt wird, in einem Licht, das die Welt in scharfen Linien und schwarzen Silhouetten zeigt, die im kalt schimmernden Wasser hin und her gleiten. Diese kleinen schwarzen Dinger – er erkennt es in ungläubigem Staunen –, welche in den Trümmern des Schiffes um sich schlagen und verschwinden, sind Männer, sind seine Brüder . . .

Für Hunderttausende von Männern, welche mit herrlichen, romantischen Ideen in diesen Krieg gegangen sind und Großartiges erwartet haben, muß es ein schreckliches Erwachen gewesen sein, als sie zum ersten Male töteten. Für niemanden aber so sehr wie für die Männer in den Unterseebooten. Das ganze Gefühl, recht zu haben und edel zu sein, welches Männer in den Kampf treibt und die meisten von uns durch das Leben führt, muß beim ersten Anblick der Wirklichkeit völlig verschwunden sein. Unser Mann wird sich gefragt haben: ‚*Was tue ich denn da?*‘

Nachts wird er wach gelegen sein und diese Frage in entsetzlichem Zweifel erwogen haben . . .

Wir erregen uns in England zu sehr über die Mannschaften der deutschen Unterseeboote. Die meisten von uns, wären wir an ihrer Stelle, würden genauso vorgehen wie sie. Die Arbeit, die sie tun, ist Schritt für Schritt entwickelt worden, ist unabänderlich, weil es unserer Welt gefällt, sich von falschen Voraussetzungen und willkürlichen Ansichten über Nationalität, Rasse und die Ordnung unserer Welt leiten zu lassen. Und das alles ist geschehen, weil die technische Erziehung der Menschen viel besser gewesen war als ihre historische und soziale Bildung. Hat der Mensch einmal das Gefühl für die Gemeinschaft von Menschen verloren, oder es nie erfaßt, diese Idee, die Grundlage jeder wahren Geschichte und das Prinzip der Lehre Gottes, dann verfällt er in solche organisierte Ungeheuerlichkeiten, wie ich sie Ihnen geschildert habe – notgedrungen. In England denken genügend Menschen genauso unzusammenhängend, treiben genauso rasch in irgendeine geistige Sackgasse, plädieren dafür, daß die Besatzung der Unterseeboote gefoltert wird – um die Überlegenheit ihrer eigenen Moral zu beweisen.

Aber diese Männer *werden* ja gefoltert . . .

Verfolgen Sie noch ein kleines bißchen die Geschichte des Jungen in dem Unterseeboot. Gerade habe ich mich darzustellen bemüht, wie sein Gewissen erwacht – in einem Augenblick, da sein Schiff einen Treffer gelandet hat. Aber diese

Augenblicke sind selten. Die meiste Zeit ist das U-Boot unter Wasser und wird gejagt. An der Meeresoberfläche lauern die feindlichen Schiffe; Wasserflugzeuge und Beobachtungsballons sind auf der Suche nach ihm. Jedesmal, wenn ein U-Boot auch nur der Wasseroberfläche nahe kommt, kann es gesehen und zerstört werden. Selbst wenn es außer Sichtweite in den stürmischen Gewässern der Nordsee taucht, kann das Maschinengeräusch es verraten und ein geglückter Schuß mit Hilfe eines Tiefenmessers seine Fahrt beenden. Ich bitte Sie sich vorzustellen, wie das tägliche Leben des jungen Mannes unter diesen Umständen aussieht. Ich möchte, daß Sie ganz genau erkennen, wohin ihn fehlgeleitete Ideen treiben, nicht die seinen, sondern jene, welche die Welt regieren.

Die Methoden, ein Unterseeboot mittels eines Abhörgeräts zu orten, werden unentwegt verfeinert, und heute können unsere Zerstörer ein U-Boot manchmal sechzig bis siebzig Stunden verfolgen, geleitet vom Maschinengeräusch, wie ein Hund der Spur der Beute folgt. Wenn das U-Boot seine Verfolger nicht abschütteln kann, muß es auftauchen und sich zum Kampf stellen oder sich ergeben. Es ist dies das seltsamste Blinde-Kuh-Spiel, das der Mensch je gespielt hat. Das U-Boot schlägt einen Haken und horcht genauso auf die Maschinengeräusche der Verfolger, wie es diese an der Wasseroberfläche tun. Kommen sie näher? Wird das Geräusch schwächer? Wenn sich nicht irgendwo eine helfende Schlammbank findet, wo es eine Weile still liegen kann, dann muß es weiterfahren und elektrische Energie verbrauchen, so daß es schließlich doch auftauchen muß, um seine Batterien wieder zu laden. Soweit es möglich ist, läßt man die Mannschaft des U-Bootes über den Stand der Jagd im unklaren. Sie können nur Schlüsse aus der Angst oder Gereiztheit des Kommandanten ziehen, oder aus der Hast und Vielfalt seiner Befehle. Irgend etwas geht vor – sie wissen nicht genau was –, aber etwas, das böse enden kann. Versucht der Verfolger, sie zu torpedieren, dann wissen sie mit Sicherheit aus der Erschütterung, daß die Hand des Todes in der Dunkelheit nach ihnen tastet . . .

Die Furcht vor Torpedos wirkt ständig im Gemüt der Besatzung eines U-Boots. Ohne Vorwarnung, zu jeder Stunde, kann die Explosion, die Erschütterung ihnen zeigen, daß die Mächte der Zerstörung ihnen auf den Fersen sind. Das zerbrechliche Schiff wird von einem bis zum anderen Ende durchgeschüttelt; die Männer durcheinandergewirbelt. Das erlebt unser junger Mann. Er verflucht die verdammten Engländer. Und wenn Sie es überdenken, dann sehen Sie, daß er sonst ja nichts tun kann außer fluchen. Ein wenig näher, und die Nähte platzen, ein Leck entsteht, der Druck steigt bedenklich an. Noch ein wenig näher, und das Wasser dringt durch die Risse und Spalten an den verschiedensten Stellen ein, die Luft in seiner Lunge wird zusammengepreßt, der lange Todeskampf des U-Boots beginnt, und nach einigen Stunden des Leidens erstickt er und ersäuft wie eine Ratte in einem überfluteten Tunnel . . .

Denken Sie an das Leben in ständiger Angst auf kleinstem Raum unter Wasser. Die Luft ist fast immer dumpf und oft kaum zu atmen. Alle möglichen widrigen Zufälle sind möglich, welche in dieser zum Bersten vollen Maschinerie entstehen können und schädliche Gase und Gestank entfesseln. Ein Geruch von Chlor sagt der Mannschaft, daß die Akkumulatoren überflutet sind. Beim ersten Anzeichen eines Chlorgeruchs muß der Kommandant sofort auftauchen . . . Und nichts bleibt trocken. Die Oberfläche der Maschinen und die Einrichtung schwitzt ständig; außer an den Orten, an denen die Maschinen eine gewisse Wärme abgeben, ist es immer feuchtkalt. Haben Sie je die dicke Fettschichte eines Wals gesehen? Nur mit Hilfe dieser enormen nichtleitenden Schicht kann der Wal seinen Körper im kalten Wasser warm halten. Ein U-Boot kann sich so eine Fettschicht nicht leisten. Es hat dieselbe Temperatur wie das dunkle Wasser, welches es umgibt. Und dieses Leben in Kälte, Angst, Luftmangel, Kopfschmerzen und Übelkeit wird nicht durch warme, kräftige Nahrung wettgemacht. Der Koch eines U-Bootes kann sich kein helles Feuer leisten.

Das U-Boot kommt sehr leicht ins Schlingern; es ist selbstverständlich weder schwerer noch leichter als das Wasser, in dem es schwimmt, und wenn es zufällig im Seichten auf Grund läuft, wird es weggeschleudert wie ein Gummiball, der auf der

Straße springt. Die Seeleute werden übereinander und gegen die Maschinen geworfen.

So schaut also das tägliche Leben in einem U-Boot aus, welches unter der Wasseroberfläche bleiben muß. Und jetzt halten Sie sich bitte vor Augen, wie das Auftauchen ist. Das Boot steigt so lange, bis man durch das Periskop den Himmel und das Wasser rundherum überprüfen kann. Es ist nichts zu sehen? Gott sei Dank! Das Boot taucht auf, und ein paar Seeleute haben Gelegenheit, frische Luft zu schöpfen. Nicht alle, denn es ist weder genügend Platz noch Zeit für alle. Die Glücklichen an den Luken sehen vielleicht sogar die Sonne. Es ist der Traum, die geheimste Hoffnung jedes Seemanns eines U-Boots, an einem Tag aufzutauchen, an dem das Meer ruhig und kein anderes Schiff zu sehen ist. Aber nehmen wir an, daß ein anderes Schiff in Sicht ist. Dann muß das U-Boot mit unendlicher Vorsicht auftauchen und seine mögliche Beute überprüfen. Sie sieht wie ein harmloses Schiff aus, ein Passagierdampfer, ein Fischerboot, ein Frachtschiff. Aber ist es wirklich so harmlos? Woher soll man wissen, ob das Schiff nicht mit Geschützen bestückt ist? Was für eine neue Apparatur mag der Jäger hinter dem harmlosen Aussehen verbergen? Erst wenn das Schiff versenkt ist, wissen die Seeleute mit Sicherheit, daß es für sie keine bösen Überraschungen mehr geben wird. Wenn sie sich einem Schiff näheren, können sie selbstverständlich nicht wissen, welcher Gegenangriff von der ihnen unsichtbaren Seite auf sie zukommen kann. Und daher hat die Besatzung vor jedem Schiff Angst, das sie ortet.

Wen nimmt es dann noch wunder, daß sie sich hektisch und hysterisch benehmen, daß sie die armen Kreaturen, welche sie versenken wollen, verfluchen und beleidigen, wenn unerwartet auf das U-Boot zurückgeschossen wird? Der Seemann auf einem U-Boot ist nicht der edle Kapitän hoch an Deck. Er führt ein Leben unter ungeheuren körperlichen Anstrengungen und äußerster Angst, er hat übergroße Risken zu tragen, um ein so unrühmliches Verbrechen zu begehen, wie es nur Menschen ersinnen können. Er ist einer, der schon jetzt in der Hölle lebt.

Die Deutschen tun, was sie können, um die Kampfmoral dieser Leute aufrechtzuerhalten. Ein englischer Kapitän, der vierzehn Tage lang auf einem U-Boot gefangen war und eben über die Schweiz wieder zurückgekommen ist, hat berichtet, daß jedesmal, wenn ein Frachtschiff versenkt wurde, aus dem Lautsprecher Siegesmärsche ertönten. Stellen Sie sich diese makabre Feier einmal vor!

Das unausweichliche Ende des Seemanns auf einem U-Boot – wenn er nicht Glück hat und gefangengenommen wird – ist der Tod, ein schrecklicher, langsamer Tod. Früher oder später trifft es ihn. Manche kehren schon von der ersten Fahrt nicht zurück. Kommen sie doch, dann haben sie einen kurzen Landurlaub; und dann geht es wieder hinaus. Vielleicht kommen sie ein zweites Mal zurück, vielleicht auch nicht. Es gibt einige, die vielleicht sogar Dutzende von Fahrten mitgemacht haben, aber früher oder später erwischt es sie. Im Durchschnitt schafft der Seemann auf einem U-Boot fünf Fahrten – hin und zurück. Nur wenige der Leute, welche am Beginn des Unterseebootfeldzugs dabei waren, leben heute noch. Als unser hoffnungsvoller junger Mann seine Heimat in Deutschland verließ, ging er in den sicheren Tod. Er erfährt dies nach und nach aus den Gesprächen seiner Kameraden. Heute finden sich nur mehr so wenige Männer für diese grauenhafte Arbeit, daß Deutschland alle bis zum Ende hält, die es einmal dafür gewonnen hat.

Und dieses Ende?

Man hat mir Einzelheiten von einem U-Boot erzählt, ein Bericht von zwei Gefangenen, die erst unlängst in Harwich gestorben sind. Dieses eine Boot wurde von einem Torpedo getroffen, wodurch das Heck aufriß. Das Boot war derart beschädigt, daß es nicht mehr auftauchen konnte und mit dem Hinterende voran zu sinken begann. Die unmittelbare Folge eines Lecks in einem U-Boot ist, daß der Luftdruck im Inneren sich dem außen herrschenden Wasserdruck angleicht. Bei je zehn Meter Tiefe bedeutet dies eine Vergrößerung des Drucks um mehr als ein Kilo pro Quadratzentimeter. Ohren und Blutgefäße sollen ohne Vorbereitung diesem enormen Druck standhalten. Urplötzlich hat man gewaltige Ohrenschmerzen und einen schrecklichen Druck auf der Brust. Man muß die Nasenlöcher und Gehörgänge mit Watte verstopfen, um das Trommelfell zu retten. Das Boot liegt auch nicht mehr in der Waage. Die Seeleute schlittern an den Maschinen und Apparaturen entlang. Sie robben nach oben, fort aus der Reichweite des ständig steigenden Wassers. Denn das Wasser dringt nicht mit Gewalt ein, so daß sie rasch ertrinken. Das geht nicht, da ja die Luft nicht entweichen kann; je tiefer das U-Boot sinkt, desto mehr Wasser wird unaufhaltbar durch die Öffnung gepreßt. Langsam wird alles zermalmt, ein Vorgang, der Stunden dauern kann; er erinnert an die grauenhafte Unabwendbarkeit in manchen Erzählungen von Edgar Allan Poe. Dann kommt der Augenblick, da das Licht verlöscht und das Wasser die Apparaturen zerstört, welche den Sauerstoffbedarf regeln und das Kohlendioxid aufnehmen. Jetzt beginnt der Erstickungstod. Stellen Sie sich vor, was in den Gemütern der zum Tod Verurteilten vorgeht. In dem einen Fall, den die zwei Gefangenen erzählten, ertränkten sich einige Seeleute mit voller Absicht im steigenden Wasser. Und in einem anderen Fall konnte das Boot gehoben werden, aber man fand es voll von Toten, die ihre Köpfe unter das Wasser im Boot gehalten hatten. Es heißt, daß die Seeleute im U-Boot für solche Fälle Gift bei sich tragen. Das ist nicht wahr. Es wäre eine zu große Versuchung . . .

Wenn es klar wird, daß das U-Boot nicht mehr an die Oberfläche kommen kann, versucht man meistens, durch die Luken zu fliehen. Diese können geöffnet werden, wenn der Druck außerhalb und innerhalb des U-Boots ausgeglichen ist. Dann dringt das Wasser natürlich rasch ein, das Boot fällt wie ein Stein auf den Meeresgrund, aber *diejenigen Männer, die den Luken am nächsten sind,* haben eine Chance, mit dem an die Oberfläche steigenden Luftstrom mitzuschwimmen. Natürlich spielen sich heftige Kämpfe ab, um an die Luken zu kommen. So war es auch im Fall des U-Bootes, von dem die zwei Gefangenen kamen. Die vordere Luke wurde geöffnet. Von unserem Patrouillenboot aus, das an der Stelle kreuzte, sah man, wie das Wasser in einer Fontäne hochschnellte, und dann die Köpfe der Männer, welche sich an die Oberfläche gekämpft hatten. Die meisten brüllten vor Schmerzen. Alle versanken, außer den beiden, die aber ebenfalls nach kurzer Zeit starben. Sie starben, da durch das plötzliche Auftauchen in normale Luft aus dem Überdruck des sinkenden U-Boots die Lungenbläschen geplatzt waren. Sie erstickten an ihrem eigenen Blut.

Denken Sie an diese armen Menschen, die im Spital starben. Zwischen Hustenanfällen und Blutstürzen hatten sie sicherlich aus lauter Erschöpfung ruhige Augenblicke vor dem Ende, in denen unser Junge dalag und die kahlen Wände des Krankensaals anstarrte und nachdachte; in denen er sich fragte: ‚Was habe ich getan? Was habe ich getan? Was hat die Welt für mich getan? Sie hat mich zum Mörder gemacht. Sie hat mich gequält und vernichtet . . . Und ich habe doch nur Gutes tun wollen . . .‘

Ob er auch nur im geringsten an die Herstellung des U-Boots gedacht hat, an die zahllosen Feinheiten und Geräte, an die Geduld und Hingabe, welche notwendig gewesen war, um diese entsetzliche Falle zu konstruieren, in der er sich zum Schluß gefangen hatte, weiß ich nicht ... vielleicht hat er es als selbstverständlich angesehen ...

Und so starb der deutsche Junge, der seine Träume ausgeträumt hatte, der ehrgeizig gewesen war, der dienen und tapfere, ehrenvolle Taten hatte tun wollen ... So sind mindestens fünftausend Mann gestorben, Engländer und Deutsche, in den verschollenen U-Booten im tiefen Meer ...

Es ist dies eine Geschichte, eine wahre Geschichte. Sie ist eindrucksvoller als das Schicksal der meisten Menschen in dieser Welt, aber ist sie im Grunde genommen anders? Verläuft nicht das ganze Leben unserer Zeit in dieser Art? Ist es nicht eine Geschichte einer irregeleiteten Jugend, von irregeleiteten Hoffnungen und Möglichkeiten, welche Schritt um Schritt in eine fehlgeleitete Welt geführt, ins Böse gestoßen werden, in Häßlichkeit und Tod geschickt werden, mit dem einen Unterschied, daß in dieser Geschichte etwas, was das gemeinsame Schicksal vieler Menschen ist, uns lebendiger vor Augen geführt wird? Gibt es unter uns auch nur einen, der nicht in irgendeiner Weise an Bord eines U-Bootes ist, der Böses tut und einem bösen Ende zutreibt? ...

Womit beschäftigt sich denn der Mensch? Wie viele von uns gleichen den Frachtschiffen, welche zum Nutzen der Menschheit dienen? Denken Sie an die vielen Lügen, die Ausnützung, das Überbieten, die beruflichen Spielregeln, nach denen man den kleinen Mann ausbeutet, die unfairen Vorteile, die man, ohne mit der Wimper zu zucken, annimmt! Wer von uns kann schon behaupten: ‚Alles, was ich tue, dient der Menschheit!'? Unser Durchhalten, unsere Bemühungen: sind sie denn besser als die langen Aufenthalte unter der Wasseroberfläche, und wenn wir auftauchen und um unsere eigene Existenz kämpfen, unsere Mitbewerber torpedieren, unsere Feinde ruinieren, wie steht es dann um uns? Die Seeleute eines Unterseebootes blicken im Zwielicht auf die Ertrinkenden. Ich blicke jeden Tag auf eine Welt, welche in Armut und Unwissenheit ertrinkt, eine Welt, überflutet von einem Meer von Hunger, Krankheit und Elend. Uns wurde Freizeit, Freiheit und Intelligenz geschenkt; was haben wir getan, um diese Schrekken zu verhindern?

Ich sage Ihnen, daß die ganze Welt ein Unterseeboot ist und jeder von uns etwas von einem Seemann in einem Unterseeboot an sich hat. Die Narren, die in den Zeitungen danach kreischen, daß man die Mannschaften der Unterseeboote grausam bestrafen soll, kennen die Rolle nicht, die sie selbst in der Welt spielen . . . Wir könnten in Licht, Freiheit und Sicherheit leben, aber wir leben zusammengedrängt, frierend, in tödlicher Gefahr, weil wir uns im Krieg mit unseren Mitmenschen befinden . . .

Da aber, Doktor, haben sie die Antwort auf den ersten Teil Ihrer Frage. Sie haben gefragt, wogegen der Geist Gottes im Menschen ist. Er ist gegen diese geistige Verwirrung, gegen die Unwissenheit, welche das Leben in eine entsetzliche Sackgasse treibt, gegen dies drängt der Gott in unseren Herzen uns zum Kampf . . . Er ruft laut in unseren Herzen, damit wir aus diesen Sackgassen der Selbstsüchtigkeit, Dunkelheit, Grausamkeit und des Schmerzes herausfinden, in denen unsere Rasse untergehen muß; er ruft uns auf die Straße zur Rettung, er befiehlt uns, uns zu einer organisierten Gemeinschaft von Menschen zusammenzuschließen."

5

Die Ermattung, die sich vorher in Mr. Huss' Haltung gezeigt hatte, war verschwunden. Er sprach jetzt mit mehr Energie; seine Augen glänzten, seine Wangen waren gerötet. Zwar war die Stimme leise, die Sprache aber klar und nicht länger von schmerzgepeinigten Pausen unterbrochen.

„Sie haben mir aber noch eine Frage gestellt", fuhr er fort; „Sie wollten nicht nur wissen, wogegen der Geist Gottes in uns kämpft, sondern auch wofür er kämpft. Wohin führt diese Straße? Ich habe Ihnen erklärt, was das Leben der Menschen in meinen Augen ist, eine verfilzte, Verderben bringende Masse tragischer Erfahrungen. Jetzt möchte ich Ihnen, wenn es der Schmerz in meiner Seite noch zuläßt, erklären, wie das Leben auf dieser Erde unter der Führung des Geistes Gottes sein könnte.

Ich gehe von der Voraussetzung aus, daß die Menschen sich nicht geändert haben, daß die Welt gleichgeblieben ist. Ich nehme keine wundersame Entwicklung der menschlichen Natur an, aber ich setze voraus, daß manche Ereignisse in der Vergangenheit einen anderen Verlauf genommen haben, so daß die Menschen nachdenklich geworden sind, ihre Gedanken ausgetauscht haben und eine bessere Ausbildung genossen haben. Ich möchte nur, daß man auf dieser Welt eine bessere Ausbildung genießt, damit überall dort, wo es möglich ist, die Flamme Gottes zu entzünden, sie auch entzündet wird. Ich setze voraus, daß jeder *gebildet* ist. Mit *gebildet,* damit wir uns recht verstehen, meine ich das Wissen und das Verständnis der Geschichte. Ja, Mr. Farr – Rettung durch die Geschichte. Jeder Mensch auf der Erde, auch das setze ich voraus, soll nicht nur lesen, schreiben und rechnen lernen, sondern möge schlicht und einfach alles über die Vergangenheit unserer Geschichte erzählt bekommen, von unserem Platz in Raum und Zeit und von der wahren Geschichte der Menschheit. Ich setze nicht voraus, daß die Menschen tatsächlich umfassendere Kenntnisse als heute besitzen werden, aber statt dieses Wissen in vielen Gehirnen, Büchern und in vielen Sprachen zu speichern, sollte es geordnet und leicht faßlich geboten werden. Es wird niemandem vorenthalten, keinem falsch berichtet. Und ich setze darüber hinaus noch voraus, daß die Menschen nicht in Millionen von Sprachen und Dialekten, sondern in einer Sprache lesen und miteinander sprechen können.

Sie können mir jetzt sagen, daß dies schwierige Voraussetzungen sind, aber sie sind nicht unmöglich. Eine Handvoll entschlossener Männer könnten der Menschheit einen derartigen Weg bereiten, der nach einer Reihe von Generationen von allen beschritten werden könnte. Stellen Sie sich jetzt aber vor, wie anders unsere Lebensbedingungen in einer solchen Welt wären. In einer durch Bildung erleuchtet und aufnahmefähig gewordenen Welt wären die meisten der heftigen Kontroversen, unter denen die Menschheit heute leidet, unmöglich. Statt daß sich einzelne Menschen und ganze Gemeinschaften wie fiebernde Patienten im Delirium benehmen, auf ihre Pfleger einschlagen, ihre Nahrung verschütten, die Medizin wegwerfen und sich selbst und anderen schaden, wären sie sich ihres gemeinsamen Ursprungs bewußt, ihrer gemeinsamen Nachfahren – denn zumindest in unseren Kindern müssen unsere Leben wieder aufeinandertreffen – und ihres gemeinsamen Geschicks. In dieser freieren, frischeren Luft wird das Feuer, das Gott ist, viel heller brennen, denn die meisten von uns, die Gott nicht kennen, tun dies aus Mangel an Wissen. Viel mehr Männer und Frauen werden sich dem Gemeinwohl widmen, das Böse wird eher erkannt und daher auch eher im Zaum gehalten werden. Ich zweifle daran, daß ein Mensch völlig böse sein kann, aber in dieser unserer dunklen Welt wird das Gute im Menschen von allen Seiten behindert, und Opfer werden verlacht. Schlechte Beispiele vollenden, was schlechter, zielloser Unterricht begonnen hat. In unserer Welt können Dummheit und Haß den gesunden Menschenverstand niederschreien. Nur die entschlossene Haltung der Lehrer kann dies vielleicht ändern. Wie sonst sollte Hoffnung auf Änderung bestehen, wenn nicht durch den Unterricht? Verstehen Sie denn nicht, was unterrichten bedeutet? . . .

Wenn ich Sie bitte, sich eine gebildete, wohlunterrichtete Welt anstelle unserer althergekommenen Welt der ungezügelten Leidenschaften, Gier, Gemeinheit und tierischen Regungen vorzustellen, eine Welt, die von Menschen unterrichtet wird, anstelle einer Welt, die von Mietlingen vernachlässigt wird, bitte ich Sie nicht darum, irgendeine großartige Veränderung in der Natur des Menschen zu erwarten. Ich bitte Sie nur sich vorzustellen, daß jeder Mensch so erleuchtet wird, soweit dies möglich ist, und sein Gehirn nicht verwirrt und verdunkelt wird. Jeder soll die besten Möglichkeiten haben, sein bestes Ich zu sein. Jeder soll im Licht schärfster Selbstbetrachtung und klarster gegenseitiger Kritik leben. Selbstverständlich werden wir unter wesentlich vernünftigeren und hilfreicheren Institutionen leben. Ein derartiger Zustand wird selbstverständlich weder die natürliche Eitelkeit noch natürliche Eigenliebe verringern; der Gierige wird seine Gier nicht aufgeben, der

Dumme nicht seine Dummheit, der Exzentriker nicht sein abnormes Verhalten, der Lüstling nicht seine Lüste. Aber die Entschuldigungen, die Orte, wo sie sich verstecken können, wird es nicht mehr geben. Ein inneres Licht wird sie erleuchten, um sie herum wird eine Aura des Lichts sein. Das Böse in ihnen wird wie eine Krankheit erscheinen, von der sie in ihren klaren Momenten selbst geheilt werden möchten und welche sie nicht auf andere übertragen wollen. So sieht die Welt aus, für die wir Schulmeister und Lehrer, die das unsterbliche Feuer Gottes bereits in unseren Herzen tragen, kämpfen, Generation um Generation, gegen Niederlagen und manchmal auch gegen jede Hoffnung; das ist die Arbeit, die Gott für uns bereithält. Und wenn wir sie in die Wirklichkeit umsetzen können, dann eröffnen sich der Menschheit herrliche Aussichten ...

In unserer heutigen Welt leben die Menschen, um ihr eigenes Ich zu sein. Sie erhalten das Leben, nur um es zu verlieren. In der Welt, die wir aufbauen wollen, werden sie sich dem Gott der Menschen schenken und so in Wahrheit weiterleben. Natürlich werden sich ihre Einrichtungen und Methoden ändern, so daß alle Menschen auf die bestmögliche Art eingesetzt werden können, und dies zum gemeinsamen Wohl der Menschheit. Sie werden aus diesem kleinen Planeten, der in lauter Einzelteile zerstückelt wurde, die von allen gierig an sich gerissen werden, wieder einen gemeinsamen Garten machen ...

Das Verwirrendste an den Menschen unserer Zeit ist ihr Unverständnis dafür, welche unendlichen Möglichkeiten zu Macht und Glück sich ihnen durch die Naturwissenschaften erschließen –"

„Ja, warum sollen wir denn dann nicht *Naturwissenschaften* lehren?" rief Mr. Farr.

„Nur unter der Voraussetzung, daß sie ihre Bemühungen auf einen gemeinsamen Nenner bringen. Die durch die Naturwissenschaften gestellten Probleme können nur dann befriedigend gelöst werden, wenn die Menschheit ihre gesellschaftlichen und politischen Probleme zuerst löst. Sind diese einmal bereinigt, dann sind mechanische und technische Schwierigkeiten belanglos. Es ist kein tiefgründiges Geheimnis; es ist heute eine einfache, jederzeit beweisbare Tatsache, daß die Welt jedem Menschen genügend Nahrung und Freizeit bieten könnte, wenn eine weltweite Verbreitung der Idee der Einigkeit die Sucht der Menschen nach Zwietracht auslöschen könnte. Und nicht nur das, es wäre dann auch möglich, den Gesundheitszustand und die Möglichkeiten zu Glück und Zufriedenheit in unvorstellbarem Ausmaß auszubauen. Betrachten Sie die Welt, wie sie ist. Die meisten Menschen haben, wenn sie nicht frühzeitig sterben, mehr oder weniger an sich heilbare Krankheiten, sie sind krank oder rekonvaleszent, leiden an einer abwendbaren Bluterkrankung, werden durch – vermeidbaren – Nahrungsmangel geschwächt, sogar zu Krüppeln, und durch elende Wohnverhältnisse, trostlose

Arbeit, Unsicherheit und Angst entmutigt. Nur wenige können sich über längere Zeiträume jenes elementaren Glücks erfreuen, welches mit einer guten Gesundheit Hand in Hand geht. Diese fast weltweite Niedergeschlagenheit, welche uns nicht nur verzagen läßt, weil die meisten von uns unfähig sind, sich etwas Besseres vorzustellen, bedeutet eine riesige Verschwendung von Möglichkeiten, bedeutet weniger Arbeit, weniger Hoffnung. Die Bemühungen eines einzelnen werden die Menschheit niemals aus diesem Treibsand des Unbehagens herausführen. In Woldingstanton hatten wir die besten hygienischen Einrichtungen, die man sich nur vorstellen kann, wir haben jede erdenkliche Vorsichtsmaßnahme getroffen, und dennoch verging kaum ein Jahr, in dem unsere Arbeit nicht durch eine Epidemie verzögert oder unmöglich gemacht wurde, ob es nun Grippe, Masern oder sonst etwas war. Wir treffen unsere Vorsichtsmaßnahmen, aber die Einwohner des Ortes, vor allem die ärmeren, haben es nicht getan, können es nicht tun. Ich für meinen Teil bin der Ansicht, der Verschleiß durch diese jährlich wiederkehrenden, wenig spektakulären Krankheiten ist wesentlich größer als jener durch die großen Epidemien, welche die Welt hie und da überziehen. Aber alle diese Dinge, seien sie nun groß oder klein, könnten bei entsprechender Einstimmigkeit der Völker absolut aus dem menschlichen Leben verdrängt werden. Bestünde diese gemeinsame Einstellung und gäbe es eine kluge Leitung, dann könnte der Mensch diesen Krankheiten nachspüren, den Ort ihres Ursprungs finden, von dem sie immer wieder ausbrechen und die Welt verheeren, und könnte sie für immer auslöschen. Nicht der Mangel an Wissen macht dies derzeit unmöglich, sondern der Mangel an entsprechender Ausbildung, welcher allen Menschen in der Welt das Verständnis, das Vertrauen und den Willen für ein derart großes, gemeinsames Unternehmen vermitteln würde.

Das Leiden und die Grausamkeiten unter Tieren sind zweifelsohne ein Teil der unerbittlichen Ziellosigkeit der Natur, aber der Mensch ist in der Lage, Ziele anstatt Ziellosigkeit zu setzen, er hat bereits das Wissen und die Mittel, um aus dieser Sackgasse der irregeleiteten Taten, des Leidens, der häßlichen Nichtigkeit zu entkommen, in die einer den anderen drängt. Daß sie es nicht tun, beruht darauf, daß sie keine ausreichende Ausbildung genossen haben und auch nicht genießen, um ein gesundes Verständnis und gemeinsame Anstrengungen hervorzubringen. Der Hauptteil ihrer gemeinsamen Anstrengungen erschöpft sich in elenden Streitigkeiten und Verdächtigungen, in Krieg und Kriegsvorbereitungen, in Klagen und Streitereien, im Sammeln von kleinen, unfruchtbaren, privaten Horten von Geld und Macht, im Feilschen, in dummen Verfolgungen, Widersprüchen und Demonstrationen persönlicher Eitelkeit. Nicht nur, daß sie immerwährend in einem Zustand der allgemeinen Infektion, schlechter Gesundheit, Niedergedrücktheit, unterernährt, in elenden Quartieren und moralischer Verkommenheit leben, obwohl das Licht da ist, das sie erleuchten könnte, und Wohlstand und große Zufriedenheit in ihrer Reichweite liegen, es ist auch alles, was sie auf diese Weise erreichen könnten, nur das Vorspiel zu noch größeren Herrlichkeiten.

Abgesehen davon und ungeachtet der Möglichkeit, Armut, Schmutz und das elende Leben durch den intelligenten Einsatz der Kräfte und Eigenschaften der Menschen abzuschaffen, würde das allgemeine Wohlbefinden und Glück in ungeheurem Maß anwachsen, wüßte man doch, daß man einem erfaßbaren Ganzen angehört, eine Rolle spielt, eine Rolle, welche ein würdiger Teil einer unsterblichen, universellen Aufgabe ist. Nur eine Handvoll Menschen kann heute mit Genugtuung auf den Verlauf ihres Lebens zurückblicken. Einige wenige Lehrer sind sich vielleicht der Tatsache bewußt, daß sie Gott auf richtige Weise dienen, ein paar Forscher, Ärzte, Brückenkonstrukteure und Maschinenfabrikanten, wenige Bauern, Seeleute und andere. Sie haben das Recht zu glauben, daß sie etwas Notwendiges tun oder etwas Beständiges bauen. Die meisten Männer und Frauen aber gleichen Tieren, die in einem Tunnel gefangen sind; sie gehen minderwertigen Beschäftigungen nach, sie handeln, kuppeln und streiten, in ihren Herzen ist kein Friede. Sie befriedigen ihre Lüste und suchen Erregung. Sie wissen, daß sie ihr Leben sinnlos vergeuden, und haben keine Möglichkeit, sich davon zu lösen. Die Welt ist voll von Zank und Schimpf, von Spott und Bosheit, von gemeinen Listen und hilflosen Bemühungen, Laster, das man ohne Freude genießt, von hohler Eitelkeit, denn die Natur setzt diese Menschen blind ins Leben, und es gibt kein Licht, das ihre Schritte lenkt. Und doch gibt es Arbeit für jeden, einen guten Grund, diese Arbeit zu tun, und das Glück, sie tun zu dürfen ...

Ich weiß nicht, ob auch nur einer von uns imstande ist zu erkennen, was die systematische Organisation der menschlichen Intelligenz für die wissenschaftliche Forschung und damit für unsere ganze Rasse bedeuten könnte. Die Menschen sprechen von den Wundern, welche uns die Arbeit der Wissenschaftler in den letzten zweihundert Jahren geschenkt hat, Wunder, deren wir uns gar nicht in vollem Ausmaß bedienen, da wir zu unsystematisch und dumm sind. Was die Wissenschaft aber bis jetzt hervorgebracht hat, ist sicher nur ein winziger Teil dessen, was sie der Menschheit geben kann. All die Kenntnisse, die unsere heutige Welt von der Welt unter Königin Elisabeth I. unterscheidet, ist die Arbeit von ein paar tausend Menschen gewesen, von denen die meisten unter ärmlichen Verhältnissen, unter Zeitdruck und mit beschränkten Hilfsmitteln, in einer entmutigten oder unverständigen Welt gearbeitet haben. Hunderttausende, deren Gaben große Bedeutung für die Wissenschaft gehabt hätten, haben weder die Ausbildung genossen noch die Möglichkeiten vorgefunden, diese

Gaben zu nützen. In einer Welt aber, welche durch Erkenntnis geläutert wäre, würden nur wenige dieser geborenen Diener der Wissenschaft durch die Maschen ihres Netzes schlüpfen, von Forscher zu Forscher gäbe es die raschestmögliche, klare Übermittlung der gewonnenen Resultate, eine schnelle Anerkennung und jede Hilfe. Die arme Wissenschaft, die heute inmitten von Verbrechen und Chaos wie eine schlecht geputzte, stinkende Laterne in einer dunklen Höhle flackert, wo die Menschen kämpfen und stehlen, deren unstetes Licht einmal von diesem, einmal von jenem an sich gerissen wird und oft eine Hilfe bei Gewalttaten und Raub darstellt, würde wie der Sonnenaufgang an einem hellen Sommermorgen werden. Wir erkennen nicht, was die Menschheit in kurzer Zeit leisten könnte. Unsere Macht über die Materie, über das Leben, über uns selbst würde sich von Jahr zu Jahr, von Tag zu Tag steigern.

Ich sitze hier, nach schwerem Leiden, in der Erwartung einer Operation mit unsicherem Ausgang, die mir vielleicht den Tod bringt. *Das hätte nicht so sein müssen.* Wir sitzen hier, erhitzt und unbequem in einem schlecht gelüfteten, schäbig eingerichteten Raum, von dem man auf eine ekelhafte Öde hinaussieht. *Auch das hätte nicht so sein müssen.* Aber das ist heute die Qualität unseres Lebens. Ich sitze hier im Vorraum des Todes, von Schmerzen gepeinigt, weil die Menschheit geduldet hat, daß ich leide . . . das hätte man alles vermeiden können . . . Diese Dinge aber werden nicht ewig andauern, der Spötter, der die Menschheit verhöhnt, wird nicht siegen . . .

Und das Wissen, die Macht und die Schönheit, die wir, armselige Beobachter vor der großen Morgendämmerung, nur erahnen können, sind nur der Anfang all dessen, was aus diesen Schatten, diesen Qualen entstehen könnte. Nicht für immer wird das Leben auf diesen kleinen Planeten beschränkt bleiben, eingeengt durch die kalte, unverständliche Leere des Weltraums. Sehen Sie denn nicht ganz klar aus dem, was der Mensch trotz allem erreicht hat, daß er erst am Anfang seiner Errungenschaften steht? Daß er bald sein Leben und seinen Körper nehmen und nach seinem Willen formen wird, daß er Freude und Schönheit aufnehmen wird, wie ein Mädchen eine Blume pflückt und ins Haar flicht? Sie, Doktor Barrack, haben behauptet, daß sich der Mensch nicht mehr verändern wird, wenn einmal der berufliche Wettbewerb zu Ende ist. Sie haben das gesagt, ohne darüber nachzudenken. Denn wenn sich der gemeinsame Wille klar entwickelt, wird es unmöglich sein, blind ins Leben gestoßen zu werden, wird es keinen blinden Kampf mehr geben, um am Leben zu bleiben, wie man heute in einer Masse kämpft, die gleichsam in eine Sackgasse gepreßt wurde. Die Eigenschaften, die den großen Zielen der menschlichen Rasse dienen, werden gepflegt und gefördert werden, und denjenigen Männern und Frauen, welche diese Eigenschaften in nur geringem Maß besitzen, wird man ihre Grenzen klarmachen. Sie haben behauptet, der Mensch würde stillstehen, hörte er auf, gegen den anderen zu kämpfen. Ich aber sage, daß der Mensch sich erst dann, und nur dann, wenn er seine mörderischen Kriege beendet, fortentwickeln kann. Die menschliche Rasse wird rasch an Macht und Schönheit gewinnen, sie wird sich in jeder Generation steigern, und nicht nur die Menschen. Der Mensch wird aus dieser Welt einen einzigen Garten machen, wird nicht nur seine eigene Art leiten, sondern alles, was lebt. Er wird das Grausame aus dem Leben ausschalten, wird die anderen unter seiner Leitung barmherzig und zahm machen. Er wird die Fliegen und Moskitos, die Dornen und Gifte, den Bazillus im Blut, die Viehseuche auslöschen. Er wird den Atomen ihre Energie entziehen und die Geheimnisse der Tiefe lösen. Er wird aus dem Gefängnis ausbrechen, welches der Weltraum jetzt noch für ihn darstellt. Er wird von Stern zu Stern reisen, so wie wir heute einen Fluß von Stein zu Stein durchqueren. Bis er im Lichte der Gegenwart Gottes steht und dem Spötter und Feind ins Auge sieht ..."

„Oh! *Das sind ja Wahnvorstellungen!*" rief Mr. Dad, der nicht länger an sich halten konnte.

„Sie glauben vielleicht, daß mein Gemüt verwirrt ist, weil ich Schmerzen leide, aber es war nie klarer, als es jetzt ist. Mir ist, als wäre ich schon zur Hälfte aus diesem kleinen Leben herausgetreten, welches mich so lange festgehalten hat. Ich spreche hier von keinem Traum, sondern von der Wirklichkeit. Die Welt ist für den Menschen geschaffen, die Sterne sind für die Menschen geschaffen – wenn er nur dem Gott folgt, der ihn ruft, und die Gaben annimmt, welche Gott ihm bietet. Wenn ich jetzt hier sitze und von diesen Dingen zu Ihnen spreche, dann stehen sie so klar vor mir, daß ich überhaupt nicht verstehen kann, weshalb Sie schweigen und nicht – so wie ich – mit dem Feuer von Gottes Plänen brennen . . ."

Er brach plötzlich ab. Er schien am Ende seiner Kräfte angelangt zu sein. Sein Kinn sank herab, und als er wieder zu sprechen begann, war seine Stimme die eines alten, müden Mannes.

„Ich spreche . . . ich spreche . . . und dann überfällt mich der entsetzliche Gedanke an die Wirklichkeit wie eine Sturmbö, und das kleine Licht der Hoffnung verlöscht . . .

Es ist, als säße ein mächtiger Feind über meiner ganzen Welt und verspottet mich in jedem Satz, den ich sage, in jeder Handlung, die ich ausführe . . ."

Er seufzte tief.

„Habe ich Ihre Frage beantwortet, Doktor?" fragte er.

6

„Sie sprechen von Gott", sagte Dr. Barrack. „Aber ist das, was Sie unter Gott verstehen, wirklich das, was die anderen Menschen unter Gott verstehen? Mir scheint, wie ich schon zu Anfang ausführte, daß es nur die Personifizierung des guten Willens ist, der in uns allen besteht. Warum sollen wir Gott miteinbeziehen? Gott ist ein Wort, das man in Verbindung mit allen möglichen düsteren, schrecklichen Dingen nennt. Man denkt dabei sofort an Priester, Rechtgläubigkeit, an Verfolgungen. Warum nennen Sie diese vorwärtstreibende, uns erhebende Kraft nicht einfach Menschlichkeit? Warum nennen Sie sie nicht den Geist der Menschen? Dann wäre es auch für einen Agnostiker wie mich möglich, mit Ihnen übereinzustimmen . . .“

„Weil ich Ihnen schon bewiesen habe, daß es nicht Menschlichkeit und auch nicht der Geist der Menschen ist. Die Menschheit, der Geist der Menschen hat Giftgas und Unterseeboote erfunden. Der Geist des Menschen ist eifersüchtig, aggressiv und parteiisch. Der Menschheit sind Gier und Streit angeboren, und der Geist des Menschen drückt sich viel eher in Angst und Haß, in Geheimniskrämerei und Verschwörung aus, als im Schaffen von Neuem und in einer Ordnung. Aber dieser Geist in mir, dieses Feuer, welches ich Gott nenne, wurde auf eine mir unbekannte Weise in mir entzündet, so als käme es von außen . . .

Ich verwende Sätze“, sagte Mr. Huss, „die mir gerade einfallen. Aber ich komme Ihnen soweit entgegen zuzugeben, daß ich in Metaphern und ungenau spreche . . . Dieser Geist, der in das Leben tritt – er ist eher ein Wesen als ein Ding, und deshalb sage ich Er. Und Er ist nicht ein einzelner

Zug, nicht eine Seite einer Sache, sondern eine Auswahl unter vielen Dingen ... Er hält sich an allem fest, was in den natürlichen Regungen des Gemüts großzügig ist, läßt es stärker hervortreten und festigt es. Er verdammt die Grausamkeit und alles Böse ...

Ich will gar nicht so tun, als könnte ich erklären, was ich nicht erklären kann. Vielleicht wirft Gott erst einen ersten Schatten in unser Leben. Sie könnten dahingehend argumentieren, Dr. Barrack, daß dieses Feuer im Herzen, welches ich Gott nenne, genauso ein Resultat Ihres Prozesses ist wie alle anderen Dinge auch. Dagegen kann ich nichts vorbringen. Was ich Ihnen hier erzähle, ist nicht so sehr das, was ich glaube, sondern was ich spüre. Mir scheint, das schöpferische Feuer in mir ist in seiner Art ganz anders als der blinde Prozeß der Materie, eine Kraft, die den Mächten, die Verwirrung stiften, entgegenläuft ... Eins aber weiß ich mit Sicherheit – wenn es einmal in den Herzen der Menschen entzündet ist, dann ist es wie ein verzehrendes Feuer. Brennt es einmal in einem Menschen, dann ist sein Geist – von diesem Zeitpunkt an – für alles offen. Es lenkt sein Gewissen mit unwiderstehbarer Macht. Es befiehlt ihm, den Rest seiner Tage im Kampf und in der Arbeit für die Einheit, die Erlösung und den Triumph der Menschheit zu kämpfen. Der Mensch mag noch immer gemein, feig und niedrig sein, aber er wird sich als das erkennen, was er ist ... Manche der alten Wahrheiten haben eine herrliche Geltung. In meinem Herzen weiß ich, *daß mein Erlöser lebet . . .*"

Wieder brach er plötzlich ab.

Dr. Barrack wußte im Augenblick keine Antwort, doch schüttelte er störrisch den Kopf. Diese althergebrachten Phrasen waren ihm zutiefst verhaßt. Für ihn rochen sie nach Heuchelei, nach Liebedienerei mit überholter und unglaubwürdiger Wirkung. Durch solche Kanäle fließt der Aberglauben in den mühsam davon gereinigten Geist der Menschen zurück. Und dennoch war Mr. Huss ein Gegner, welchen man schwer packen konnte. „Nein", sagte der Arzt vorsichtshalber, *„Nein . . ."*

7

Das Schicksal kam Dr. Barrack zu Hilfe.

Die Runde im „Seeblick" wurde durch einen Neuankömmling vergrößert. Er war ein kleiner, zorniger, erhitzter Mann, mit lebhaften braunen Augen, welche in seinem dunklen Gesicht funkelten, einem kurzen eisgrauen Schnurrbart und einem hervorspringenden Kinn. Er trug einen hellen, blaugrauen Anzug, hellbraune Schuhe und in der Hand eine hellbraune Ledertasche.

Er stand mit wütendem Gesichtsausdruck vor dem Fenster, von wo aus man ihn nicht genau verstehen konnte. Mit seiner Tasche vollführte er drohende Bewegungen.

„Großer Gott!" rief Dr. Barrack. „Sir Alpheus . . .! Ich habe völlig vergessen, wie spät es ist!"

Er stürzte aus dem Zimmer, und gleich darauf ertönten heftige Geräusche im Flur.

„Ich hätte abgeholt werden sollen", sagte Sir Alpheus noch im Hereintreten. „Man hätte mich abholen sollen. Es ist einfach lächerlich, wenn Sie behaupten, Sie hätten nicht gewußt, wie spät es ist. Ein praktischer Arzt muß *immer* wissen, wie spät es ist. Das ist seine wichtigste Aufgabe. Ich verstehe nicht, warum man mich so unhöflich empfängt. Ich mußte allein in Ihre Ordination gehen, Dr. Barrack, am Bahnhof war keine einzige Droschke zu haben. Ich mußte in dieser Hitze die ganze Straße entlanggehen und meine Sachen selbst tragen und jedes einzelne Namensschild an den Türen lesen – die lächerlichsten, banalsten Namen. Tadsch, Thyme Bank, Zu den Zedern und sogar Kapernaum! Das ist ja ärger als Freud."

Dr. Barrack gab weiterhin aufgeregt und unverständlich seine Entschuldigungen zum besten.

„Wir hatten eine Diskussion, Sir Alpheus", sagte Sir Eliphaz und trat vor, als wolle er den Arzt vor dem Spezialisten beschützen. „Über etliche äußerst faszinierende Themen. Sie müssen dies als Entschuldigung für unsere Versäumnisse hinnehmen. Wir haben über Erziehung gesprochen – und über das Universum. Schicksal, freier Wille, absolute Vorherbestimmung." Nicht jeder Bauunternehmer kann Milton zitieren.

Der große Chirurg starrte den Patenthalter von

Temanit an.

„Schicksal – was für ein Unsinn", sagte Sir Alpheus plötzlich und grob. „Das ist keine Ausrede dafür, daß mich niemand abgeholt hat." Seine glänzenden kleinen Augen schweiften über die Runde und erblickten Mr. Huss. „Was! Mein Patient ist nicht im Bett! Nicht einmal im Bett. Legen Sie sich nieder, mein Herr! Legen Sie sich nieder!"

Jetzt wurde er ausfällig gegen Dr. Barrack.

„Mein Herr, Sie behandeln eine Operation mit einer Leichtfertigkeit –!"

6

Die Operation

1

Während Sir Alpheus laut über die nicht getroffenen Vorbereitungen murrte, ging Mr. Huss mit Dr. Barracks Hilfe nach oben und zog sich aus.

Die lange Diskussion hatte sich in seinem Gemüt sehr nachhaltig ausgewirkt. Viele seiner Gedanken waren noch nicht geordnet. Es gab noch eine Reihe von Dingen, die er sagen wollte, und alles, was vor dieser Vivisektion seines Körpers jetzt zu tun war, erschien ihm als belangloses und ermüdendes Ritual, welches etwas weitaus Wichtigeres unterbrach.

Das Bett, die Instrumente, die Vorbereitungen zur Narkose waren für ihn nichts weiter als neue Beiträge zu den vorgebrachten Argumenten. Während er auf dem Bett lag und Dr. Barrack die trichterförmige Maske vorbereitete, welche ihm für die Verabreichung des Chloroforms über Nase und Mund gestülpt werden sollte, versuchte er klarzulegen, daß die bloße Idee eines operativen Eingriffs dem wissenschaftlichen Fatalismus dieses Mannes entgegengesetzt war. Aber Sir Alpheus unterbrach ihn.

„Atmen Sie tief", sagte Dr. Barrack ...

„Atmen Sie tief ..."

Das ganze riesige Gewebe, das sich in seinem Geist aufgebaut hatte, wehte mit ihm hinüber über einen Abgrund von Furcht und geistiger Leere. Ob er das Folgende dachte oder träumte, kann man nicht sagen. Wir können nur die Ideen wiedergeben, welche, groß wie eine Kristallkugel, sein Bewußtsein ausfüllten. Er unterlag dem charakteristischen Zweifel, ob das Chloroform wirken würde, und dann kam ein Laut wie das Zerreißen einer Saite – *Biiing ...*

Und dennoch schien er nicht bewußtlos! Er war nicht bewußtlos, und doch hatte sich alles verändert. Dr. Elihu war noch da, aber irgendwie waren Sir Eliphaz und Mr. Dad und Mr. Farr, welche er im Parterre zurückgelassen hatte, heraufgekommen und saßen auf dem Boden – auf Asche. Sie saßen alle feierlich auf einem Haufen von Asche unter einem Himmel, der in strahlendem Licht glänzte. Sir Alpheus, die Krankenschwester und das Zimmer waren verschwunden. Es schien, als seien sie ein Traum gewesen.

Dies aber war Wirklichkeit, dauernde Wirklichkeit, dieses härene Gewand und der stinkende Aschenhaufen vor den Toren der Stadt. Es war der Schauplatz eines endlosen Versuchs und einer unsterblichen Auseinandersetzung. Er war Job; derselbe Job, der hier seit tausenden Jahren gesessen war, und der magere, geierähnliche Mensch im riesigen grünen Turban war Eliphaz, der Temanit; der kleinere, der unter seiner Kapuze hervorblinzelte, war sein Freund Bildad, der Schuchit; das gierige, grobe Gesicht des Mannes im schmutzigen Leinen gehörte Zophar, dem Naamatiten. Und der Mann mit dem Boxergesicht, der in falscher Demut dasaß und sie alle unverschämt abschätzig betrachtete, war Elihu, Sohn Barachels, des Busiters, aus dem Geschlechte Ram . . .

Es war sonderbar, daß er je von der Idee besessen gewesen war, diese Männer seien Ärzte oder Schulmeister oder Munitionserzeuger, eine seltsame Art, ihre Unsterblichkeit in vergänglicher moderner Kleidung zu verstecken. Seit Zeitaltern waren sie hier gesessen und hatten Dispute geführt, und sie würden auch noch sehr lange zu bleiben haben. In einiger Entfernung warteten die Esel und Kamele und Sklaven der drei Emire, und die zwei äthiopischen Sklaven des Eliphaz waren mit Schalen von feiner grauer Asche auf sie zugekommen. (Aus hygienischen Gründen verwendete Eliphaz nicht die gewöhnliche Asche von Kehrichthaufen, um sie aufs Haupt zu streuen.) In weiter Entfernung, von grünen Palmen durchwirkt, von Pylonen am glitzernden Fluß überragt, lagen die niedrigen braunen Mauern aus luftgetrockneten Ziegeln, die Häuser mit den flachen Dächern und die gewundenen Tempeltürme der alten Stadt Uz, von wo der große Disput seinen Ausgang genommen hatte. Nach Osten und Westen und Norden und Süden erstreckten sich die weiten Ebenen dieser Welt, übersät mit kleinen Dattelbäumen, und über ihnen die unermeßliche Kuppel des Himmels, mit Sonnen und Sternen besetzt und von Licht durchflutet.

Dieses Licht war gekommen, seit Elihu gesprochen hatte, und es war nicht nur ein Licht, sondern eine klare und leuchtende Stimme, vor der Job sich aus tiefster Seele beugte und still war . . .

„Wer ist es, der den Weltenplan verdunkelt mit Gerede ohne Einsicht?“

Mit großer Anstrengung erhob Job seine Augen zum Zenit.

Es war, als leuchte dort einer, der alles war, und dennoch Mächte und Königreiche umspannte, und es war, als liege eine Wand oder ein Schatten vor seinem Antlitz. Es war, als beuge sich eine dunkle Gestalt, in Formen und Farben gehüllt, über die ganze Welt und betrachte sie neugierig und bösartig, und es war, als sei diese dunkle Gestalt nichts anderes als ein durchscheinender Schleier vor einem unendlichen und dauernden Glorienschein. War es ein Schleier vor dem Licht, oder hatte es sich nicht eher ganz im Herzen des Lichts festgesetzt und sich vor dem Antlitz des Lichtes ausgebreitet und dehnte sich aus und zog sich zusammen wie das pulsierende Herz? Es war, als sei die Stimme, welche sprach, die Stimme Gottes, und doch klang sie immer wieder, als sei sie Satan. Als die Stimme zu Job sprach, sahen seine Freunde ihn an und horchten, und die Augen des Elihu funkelten wie Granaten, die des Eliphaz wie Smaragde, die Augen von Bildad aber waren schwarz wie die Augen der Eidechse auf der Mauer, und Zophar hatte keine Augen, sondern sah ihn nur aus den dunklen Schatten unter seinen gerunzelten Brauen an. Während Gott sprach, wurden sie alle, und Job mit ihnen, kleiner und kleiner und schrumpften, bis sie nur winzige Teilchen, kaum erfaßbar waren und das Szenarium wie ein Spielzeug wurde; sie wurden unwirklich wie Fleckchen rieselnder Confetti, inmitten einer unergründlichen Tiefe.

„Wer ist es, der den Weltenplan verdunkelt mit Gerede ohne Einsicht?“

In dem Traum aber, den Mr. Huss in der Narkose träumte, sprach Gott nicht durch Worte, sondern durch Licht; seine Ohren hörten keinen Ton, aber die Gedanken flossen wie rasende Feuerbäche durch sein Gehirn und sammelten sich in kleinen Teichen, wo sie ein immer wieder sich verändertes Muster aus Wellen bildeten, die ineinander verschmolzen . . .

Die Idee, von der er gefesselt war, daß Gott durch seinen Geist zu ihm spreche, kann nur in einer unvollkommenen Weise durch Worte ausgedrückt werden, unter erheblichen Verlusten, denn es waren Gedanken über Dinge, welche jenseits und über dieser Welt sind, und unsere Worte sind alle aus den Namen der Dinge und Gefühle in dieser Welt gemacht. Unvereinbare Dinge setzten sich plötzlich zu einem Ganzen zusammen, und Unverständliches erschien klar, weil es ein Traum war. Es war, als habe das Betäubungsmittel die

Ideen aus ihrer Verankerung von Worten und Phrasen gerissen und sie zu wahrnehmbarer Wirklichkeit gemacht. Aber es waren noch immer dieselben Gedankengänge, welche Mr. Huss durch Raum und Zeit verfolgte, die er in dem dumpfen kleinen Zimmer in Sundering on Sea gewandelt war.

Annähernd so strömten die Gedanken durch Mr. Huss' Hirn. Anfangs schien ihm, als antworte er auf die Herausforderung der Stimme, welche die Welt erfüllte, nicht aus eigenem Willen, sondern ganz mechanisch. Er sagte: „Dann *gib* mir Wissen."

Worauf die Antwort im Tonfall des Satans und spöttisch kam. Denn Satan war Job sehr nahe gekommen, war greifbar geworden, als dunkles, von der Zeit zerfurchtes und dennoch lebhaftes Gesicht, welches Kreis um Kreis von leuchtender Farbe an die Grenzen des Weltraums sandte, wie der Schwimmer Kreise um sich zieht, die ans Ufer schlagen. „Aber was besitzt du denn für ein Gefäß, in dem du das Wissen auffangen kannst, wenn wir es dir geben?"

„Im Namen des Gottes in meinem Herzen", sagte Job, „fordere ich Wissen und Macht."

„Wer bist du? Ein Pädagoge, der schlecht vorbereiteten Geschichtsunterricht in muffigen Schulräumen erteilt und davon träumt, daß er seinen jungen Herrchen beigebracht hat, über die Sterne Bockspringen zu spielen."

„Ich bin ein Mensch", sagte Job.

„*Huss.*“

Mr. Huss war aber in dem seltsamen Zustand, den nur der Traum möglich macht, der einem erlaubt, die eigene Identität abzulegen und sich selbst ganz zu verlieren. Er antwortete mit tiefster Überzeugung: „Ich bin ein Mensch. Dort unten war ich Huss, aber hier bin ich ein Mensch. Ich bin alle jene Menschen, die je zu dem Licht Gottes emporgeblickt haben. Ich bin alle die, welche für die menschliche Rasse gedacht, gearbeitet, Entscheidungen getroffen haben. Ich bin alle jene Forscher, jene Anführer und Lehrer, welche die Menschheit je hervorgebracht hat.“

Diese Frage hatte sich damit erledigt. Er trug seine Überzeugung vor, wie man es eben in Träumen tut. Die Diskussion ging auf einen anderen Punkt über, der ihn beunruhigt hatte.

„Du willst die Tiefen des Wissens erforschen; du möchtest die Höhen des Weltraums erklimmen . . . Beide haben keine Grenzen.“

„Dann werde ich ewig in die Tiefen und Höhen vordringen. Ich werde dich besiegen.“

„Aber du wirst mich nie zerstören.“

„Und ich werde durch dich hindurch meinen Weg zu Gott erkämpfen.“

„Und nie zu ihm gelangen . . .“

Es schien, als spreche noch eine weitere Stimme. Für kurze Zeit war der Vorhang, den Satan gespannt hatte, beiseitegezogen. Die Gedanken, die das Es aussprach, rannen durch Jobs Geist wie glühende Ströme geschmolzenen Metalls, aber ob er diese Dinge zu Gott sagte, oder Gott sie ihm sagte, war in keiner Weise klar.

„So geht das Leben ewig weiter. Und es könnte in keiner anderen Weise weitergehen. Denn weshalb solltest du kämpfen, wenn du des Sieges sicher wärst? Warum solltest du kämpfen, wenn das Ende sicher wäre? Wie kannst du steigen, wenn es keine Tiefen gibt, in welche du fallen könntest? Die Dunkelheit, das Böse um dich sind die Rechtfertigung der Wirklichkeit . . .

Durch die Jahrhunderte hindurch hatte die Stimme Jobs geklagt, durch Jahrhunderte hindurch wird sie klagen. Durch die Jahrhunderte brennt das Feuer seines Glaubens, flackert, droht zu verlöschen. Aber sind Jobs Klagen berechtigt?

Hat er wirklich einen Grund sich zu beklagen? Sein Geist ist durch das Dunkel des Unglücks verdüstert worden. Die Leiden seines Körpers haben sich in der ganzen Welt widergespiegelt. Er hat sich in Krankheit und Grausamkeit und Tod vergraben. Aber gibt es auch nur eine Untat, eine Grausamkeit oder ein Leiden, das sich der Möglichkeit entzieht, durch den Menschen gebessert zu werden? Wäre dem so, dann könnte er zurecht darüber klagen, daß Gott ihn verspottet hat . . . Ist der Sonnenuntergang häßlich und bedrohlich? Ekeln uns die Berge an, stoßen uns die entlegenen Hügel ab? Gibt es einen Fehler im sternübersäten Himmel? Und ist auch das Leben von Tieren und Menschen düster und unfreundlich, so ist doch ihr Körperbau unvergleichlich edel. Du hast gehöhnt, weil die Schönheit von Zelle und Gewebe einen Idioten hervorbringen kann. Warum, o Mensch, bringen sie einen Idioten hervor? Hast du keinen Willen, hast du keine Einsicht, daß du dies zuläßt? Die Düsternis, die Häßlichkeit, die Grausamkeit sollen für dich eine Herausforderung sein. In dir liegt die Macht, alle diese Dinge zu lenken . . .“

Durch seinen umwölkten Geist brach das Sonnenlicht des Satzes:

„Die Macht, all diese Dinge zu lenken. Die Macht zu lenken –“

„Du hast dich zu sehr in den Schmerz vergraben. Schmerz ist eine vorübergehende Störung; sie endet und wird vergessen. Ohne Erinnerung und Angst ist der Schmerz nichts, eine Warnung, auf die man achten soll, ein Auflehnen. Was wäre das Leben ohne Schmerz? Der Schmerz kann sich nur der feigen Menschen bemächtigen. Es liegt in der Macht des Menschen, ihn zu beherrschen. Es liegt in der Macht des Menschen, alle Dinge zu beherrschen . . .“

Es war, als erörtere der schlafende Mann alle diese Dinge mit sich selbst. Und wieder schien es, als sei er das universelle Ganze, und Job und der Satan und Gott stritten miteinander in ihm. Die Gedanken in seinem Geist liefen rascher und wurden plötzlich leuchtend hell, wie das Wasser zu glitzern beginnt, wenn es aus den Höhlen von Han ans Tageslicht tritt. Graugrün im Gesicht, murmelte er und zuckte in seiner großen Auseinandersetzung, während der Chirurg eifrig das Skalpell einsetzte und Dr. Barrack der aufmerksamen Schwester Anweisungen zuflüsterte.

„Noch ein wenig Chloroform", sagte Dr. Barrack.

„Eine Wolke hebt sich von meiner Seele . . ."

„Ich bin durch eine große Dunkelheit gegangen. Ich bin durch ein tiefes Wasser gegangen . . ."

„Hat es in deinem Leben denn nicht auch Lachen gegeben? Hat der kühle Sommermorgen nie Freude in dein Herz gegossen? Kennst du nicht die Umarmung der Liebe, das Gefühl von Wange an Wange, von Lippe an Lippe? Bist du nie ins sonnenüberstrahlte Meer hinausgeschwommen, hast du nie vor Freude auf einem Berggipfel gejubelt? Liegt nicht in einem Händedruck Freude? Dein Sohn, dein Sohn, behauptest du, ist ehrenvoll gestorben. Liegt in dieser Ehre nicht auch Freude? Dein Sohn war ehrlich und offen und hat ein gutes Leben geführt. Ist das nichts, wofür du Gott danken mußt? Hast du nie mit glücklichen Kindern gespielt? Hat kein Junge je auf deinen Unterricht angesprochen – und dir mehr zurückgegeben, als du ihm gabst? Du wagst es, die Freuden zu leugnen, die dir das Essen bereitet: der erste Bissen eines saftigen Bratens an einem eisigen Tag, der erste tiefe Schluck Bier? Kennst du nicht eine Aufgabe, die du zur Zufriedenheit erfüllt hast, den Schlaf nach einem Tag voll harter Arbeit? Freut sich der Bauer nicht an den frischgepflügten Erdschollen, an den ersten grünen Spitzen, die aus dem Boden dringen? Wenn der Kiel der großen

Schiffe durch die Wellen schneidet, das Flugzeug in der Luft dröhnt, ist der Mensch dann noch immer ein hoffnungsloses Geschöpf? Du hörst das Stampfen und Dröhnen der Maschinen und verzweifelst noch immer? Deine Krankheit läßt dich die Welt verzerrt sehen; eine kurze Zeit des Unglücks hat deinen Augen das Licht verborgen."

Es war, als finde der Träumende seinen Weg durch die Ausläufer eines großen Waldes ins freie Feld, aber es waren nicht Bäume, sondern Stäbe und Netze und ineinander verwobene Wellen von blendendem, buntem Licht, durch die er den Weg in das helle Versprechen dahinter nahm. Er war jetzt so ungeheuer groß geworden, daß es nicht mehr die Erde war, auf die er den Fuß setzte, sondern jenes kristallene Pflaster, dessen leuchtende Tiefe die Sterne enthält. Und dennoch: obwohl er dem Freien immer näher kam, erreichte er es nicht ganz. Das flimmernde Netz, das schon dünner gewesen war, verdichtete sich wieder; noch immer kämpfte er, und die düsteren Zweifel, welche sich einen Augenblick lang gehoben hatten, lagerten wieder auf seiner Seele. Er erkannte, daß er in einem Traum gefangen war, der sich rasch seinem Ende näherte.

„O Gott!" rief er, „antworte mir! Denn Satan hat mich fürchterlich verhöhnt. Antworte mir, bevor ich dich wieder aus den Augen verliere. Habe ich ein Recht zu kämpfen? Habe ich recht, daß ich von meiner kleinen Erde hier herauf zu den Sternen komme?"

„Du hast recht, es zu wagen.“

„Werde ich siegen und Erfolg haben? Versprich es mir!“

„Du kannst in alle Ewigkeit siegen und wirst doch immer neue Welten finden, die zu besiegen sind.“

„Ich *kann* – aber *werde* ich?“

Es war, als halte der Strom geschmolzener Gedanken plötzlich an. Es war, als halte alles plötzlich an.

„Antworte mir“, rief er.

Langsam setzten sich die leuchtenden Gedanken wieder in Bewegung.

„Solange dein Mut andauert, solange wirst du siegen . . .

Solange dein Mut anhält, so wird der Sieg dein sein – auf eine Art, die du verstehen wirst – wenn er endlich kommt – auch wenn die Nacht dunkel ist, auch wenn der Kampf blutig und grausam ist und auf sonderbare, böse Art enden wird. Nur verliere nicht den Mut. Alles hängt von dem Mut ab, den du im Herzen trägst. Der Mut ist es, der die Sterne Tag um Tag ihre Kreise ziehen läßt. Der Mut des Lebens allein ist es, der Himmel und Erde auseinanderhält . . . Wenn dieser Mut erlischt, wenn das heilige Feuer verlöscht, dann vergehen alle Dinge und verlöschen – alles, das Gute und das Böse, Raum und Zeit.“

„Und es bleibt nichts?“

„Nichts.“

„Nichts“, wiederholte er, und das Wort wurde

größer und größer und breitete sich wie eine dunkle und alles verdunkelnde Maske über das Antlitz aller Dinge.

Und dann, gleichsam um die Bedeutung des Wortes zu unterstreichen, schien ihm, als ziehe sich das ganze Universum zusammen, schneller und schneller, bis es endlich in unglaublicher Geschwindigkeit einstürzte. Vergeblich, mit dem Gefühl unendlicher Anstrengung, versuchte er diesem Zusammenbruch zu widerstehen. Das weiße Licht Gottes und die durcheinanderwirbelnden Farben des Universums, der Raum zwischen den Sternen – es war, als presse sie eine unsichtbare Faust zusammen. Sie strömten rasch auf einen Punkt zu, so wie das Wasser in einer Wasseruhr auf das Loch zufließt. Das ganze Universum wurde klein, winzig, zusammengeschrumpft auf die Größe einer Münze, eines Flecks, eines Nadelkopfs, eines winzigen Punkts der Mathematik – und verschwand. Er hörte, wie seine eigene Stimme im Nichts wie das Echo eines vom Winde vertragenen Seufzers schrie: „Aber wird mein Mut standhalten?" Die Frage blieb unbeantwortet. Nicht nur die Dinge des Raums, sondern auch die Dinge der Zeit fielen zusammen ins Nichts. Der letzte Augenblick seines Traums traf auf den ersten und ballte alles dazwischen zu einem einzigen Etwas. Es schien Mr. Huss, als sei er immer noch bewußtlos. Der Klang der zerreißenden Saite lag ihm noch in den Ohren: – *Biiing . . .*

Er wurde eins mit dem Klang, den er vor seiner

Vision gehört hatte ... Ein neuer Schmerz in seinem Körper machte sich bemerkbar, nicht der frühere dumpfe Schmerz, sondern ein schneidender. Er stöhnte schwach auf.

„Rasch", sagte eine Stimme. „Er wacht auf!"

„Er wird noch stundenlang schlafen", sagte eine zweite Stimme.

„Sein Mund und seine Augen!"

Er hob die Lider, als hebe er Blei. Er sah das intelligente, wenn auch gefühllose Gesicht von Sir Alpheus Mengo vor sich, er versuchte, seine Lage zu begreifen, aber er hatte vergessen, wie er in diese gekommen war und sank bewußt und absichtlich in die Ohnmacht zurück ...

7

Briefe und ein Telegramm

1

Es war drei Wochen später.

Noch nie hatte, nach Ansicht von Sir Alpheus Mengo und Dr. Barrack, eine so erfolgreiche Operation stattgefunden. Der Tumor, welchen man entfernt hatte, war nicht bösartig gewesen; die Krebsdiagnose hatte sich als falsch erwiesen. Mr. Huss lag noch immer in Mrs. Croomes Haus im Bett, aber er konnte schon Bücher, Briefe und Zeitungen lesen und interessierte sich für alle Neuigkeiten.

Die Entfernung des Tumors hatte eine sehr einschneidende Veränderung in seiner geistigen Verfassung bewirkt. Er hatte nicht mehr das Gefühl, daß eine unbesiegbare feindselige Macht sein Leben umklammert hatte; sein natürlicher Mut war zurückgekehrt. Und die Welt, welche er als gegen ihn gerichtete Anhäufung von Unglücksfällen empfunden hatte, war jetzt wieder eine Welt voll von Hoffnung. Der letzte große Angriff der Deutschen auf Paris war unter den Gegenschlägen Marschall Fochs kläglich zusammengebrochen; jede

Morgenzeitung brachte Berichte von neuen Siegen der Alliierten, und der dunkle Schatten der deutschen Weltherrschaft lag nicht länger über der Zukunft. Die Menschen waren wieder imstande, vernünftig oder großzügig zu denken, die Idee eines wohlorganisierten Weltfriedens wurde von vielen aufgenommen. Es keimte die Vorstellung eines neuen und besseren Zeitalters auf, was in den Wochen, in denen Mr. Huss von der Krankheit erfaßt worden war, undenkbar gewesen wäre. Und es war nicht nur die allgemeine Erleichterung, die seine düsteren Ahnungen hinweggewischt hatte. Seine finanzielle Lage, durch das erste Unglück ruiniert, wurde durch ein zweites wiederhergestellt. Ein entfernter Cousin von Mr. Huss, dessen nächster Verwandter er war, war nach einer langen Serie von fast idiotischen Spekulationen an Gehirnerweichung gestorben. Er hinterließ sein Vermögen zum Teil Mr. Huss, zum Teil der Schule von Woldingstanton. Einige Jahre vor dem Krieg hatte er wie ein Rasender stark gefallene Kupferaktien und Stöße von damals als wertlos geltendem Papier angehäuft. Der Krieg hatte alles geändert. Die Nachlaßverwalter stellten fest, daß der Verstorbene, statt fast mittellos zu sein, trotz schwerer Verluste bei Grundstücksspekulationen in Kanada, ungefähr dreißigtausend Pfund hinterließ. Es ist sehr leicht, das Gute am Geld zu unterschätzen. Dieser glückliche Zufall bedeutete Hunderte kleine Bequemlichkeiten und Möglichkeiten, und für Mrs. Huss eine seelische Entlastung, die ihr nichts sonst hätte bringen können. Und Mr. Huss' Seelenzustand spiegelte die Stimmung seiner Frau viel mehr wider, als er selbst ahnte.

In der Welt des Mr. Huss sollte aber noch viel Besseres geschehen. Die anderen Vorstandsmitglieder von Woldingstanton, so stellte sich heraus, stimmten nicht mit Sir Eliphaz und Mr. Dad in deren Absicht überein, Mr. Huss durch Mr. Farr zu ersetzen; und eine Reihe von ehemaligen Schülern, die an der Front standen, erfuhren von der Absicht und bildeten ein kleines Komitee, um ihren alten Direktor zu verteidigen. An der Spitze dieses Komitees war durch einen glücklichen Zufall der junge Kenneth Burrows, der Neffe und Erbe von Sir Eliphaz. In der Schule war er nie besonders hervorgetreten; er war einer jener in allen Fächern gleichmäßig guten Schüler gewesen, die als Präfekt enden, ein guter Fußballspieler, und zweiter oder dritter in den meisten Fächern. Er hatte nie eine bedeutende Rolle gespielt oder war mit dem Direktor vertraut gewesen. Es war daher um so erfreulicher, ihn als einen der leidenschaftlichsten und unermüdlichsten Kämpfer für die Ordnung zu finden, an der Mr. Huss festhalten wollte. Er hatte, als er auf Urlaub kam, bei seinem Onkel von der geplanten Veränderung gehört und sofort damit begonnen, den Beschluß seines Onkels anzufechten. Lady Burrows, die ihren Neffen anbetete, wurde zu einer Anhängerin von Mr. Huss. Sie war dies um so lieber, da ihr Mr. Dads übertriebene Tischmanieren und Mr. Farrs Anzüge mißfielen.

„Sir, Sie wissen nicht, was Mr. Huss für uns war“, wiederholte der junge Mann einige Male und fuhr nach Frankreich zurück, wo sich dieser Satz in seinem Geist festsetzte und immer mehr an Bedeutung gewann.

Er war einer jener Männer, für die der Krieg ein wirksamer Katalysator ist. Tod, Unbilden und Verantwortung – er war noch nicht zweiundzwanzig und schon Major bei der Artillerie – hatten aus dem Schuljungen einen denkenden Mann gemacht. Er konnte sich vorstellen, was es hieß, einem Menschen sein Eigentum zu nehmen. Seine neugewonnene Reife ließ es ihm nur natürlich erscheinen, seinem alten Direktor zu schreiben und ihn von Mann zu Mann zu trösten. Die mit Bleistift beschriebenen Blätter brachten Mr. Huss zum Weinen, nicht aus Verzweiflung, sondern aus Glück. Er las sie wieder, wie einen Liebesbrief; sie lagen auf seiner Bettdecke, und er starrte auf die Zimmerdecke und plante schon jetzt ein neues Woldingstanton, das sich größer als früher aus der Asche erheben sollte.

2

Wir haben erst während der letzten Wochen, so schrieb der junge Mann, *von den Plänen gehört, die Tradition von Woldingstanton zu zerschlagen, und jetzt heißt es, daß Sie zugunsten von Mr. Farr als Direktor abdanken. Ich persönlich kann mir nicht vorstellen, daß*

Sie auch nur davon träumen könnten, Ihr Werk abzugeben – und ausgerechnet an ihn –, ich zweifle noch immer daran. Aber mein Onkel behauptete mit großer Überzeugung, Sie wollten aufgeben (er sagte auch, er hätte Sie angefleht, zu bleiben), und auf die vage Vermutung hin, daß er recht behalten könnte, wage ich es, Sie mit meinem Brief zu belästigen. Kurz gesagt heißt das, daß Sie zu Ihrer Schule halten sollen, was wiederum bedeutet, daß Sie zu sich selbst und zu uns halten sollen. Sie haben Hunderte von uns gelehrt, daß man durchhalten muß, und jetzt sind Sie es uns schuldig durchzuhalten. Ich weiß, daß Sie krank sind, Sir, sehr krank. Wir haben auch von Gilbert gehört, und ich weiß, Sir, wir alle wissen es, obwohl er nie in der Schule war und Sie nie parteiisch oder sonst dadurch beeinflußt waren, wie sehr Sie ihn liebten; Sie haben ihn aus ganzer Seele geliebt. Aber es gibt hier einige von uns, die sich fast als Ihre Söhne fühlen; wenn Sie uns diese Art von Liebe nicht geben können und wollen, so ändert dies doch nichts an der Tatsache, daß es Männer gibt, die so an Sie denken, wie sie an Ihre Väter denken möchten. Männer, so wie ich es einer bin, die in jungen Jahren ihre Väter verloren haben.

Ich kann mich nicht sehr gut ausdrücken; für Mr. Cross und seinen Englischunterricht bin ich kein Ruhmesblatt, und ich halte auch im allgemeinen nichts davon, zu viel zu sagen; aber ich möchte Ihnen doch zeigen, was Sie uns bedeutet haben und warum für uns eine Fortsetzung des Unterrichts in Woldingstanton so sein wird, als flattere die Fahne noch immer hoch am Mast, während ein Aufhören seiner Tradition einer

Kapitulation gleichkäme. Und, Sie mögen das verzeihen, ich möchte Ihnen nicht schmeicheln und Sie nicht in den Himmel heben, wenn ich Ihnen jetzt schreibe. Eine Ihrer liebenswertesten Eigenschaften war es immer, daß Sie uns so tief menschlich entgegengetreten sind. Sie waren nie ausgeglichen. Ich habe es erlebt, daß Sie den besten Unterricht der Welt gegeben haben, und ich habe es auch erlebt, daß Ihre Stunden ganz schlecht waren. Und es hat einige Dinge gegeben – das Feuerwerk im November zum Beispiel –, wo wir Sie als zu streng ansahen, wo Sie in unseren Augen unrecht hatten –

„Ich *hatte* unrecht“, sagte Mr. Huss.

Damals haben wir fast gemeutert. Aber gerade in solchen Situationen spricht alles für Sie, und deshalb kann Woldingstanton ohne Sie auch nicht bestehen. Als es den Krach wegen des Feuerwerks gab, haben wir eine Besprechung aller Schul- und Klassensprecher einberufen und auch einige jener Lümmel dabeigehabt – Sie haben von dieser Zuammenkunft nie etwas erfahren –, und wir haben damals alle einstimmig gesagt, daß Sie im Unrecht wären und waren uns darüber einig, daß, gleich ob Sie recht oder unrecht hätten, wir zu Ihnen halten und es nicht zulassen würden, daß diese Affäre noch weitere Kreise zöge. Vielleicht erinnern Sie sich noch daran, wie die ganze Sache plötzlich im Sand verlief. Aber so haben Sie uns drangekriegt. Sie tun was Falsches und lassen zu, daß wir es erkennen; nie hat es einen Lehrer oder einen Vater gegeben, der sich so offen gegeben, der keine Fassade vor sich aufgebaut hat, und deshalb wissen wir alle auch, daß alles, was wir von Ihnen kennen, Ihr wahres Ich ist: selbst die Schüler in den unteren Klassen begreifen das schon und verstehen auch, daß Sie aus vollem Herzen und mit ganzer Seele ein Ziel verfolgen und daß die Schule einen bestimmten Weg verfolgt und lebt. Das haben wir Schüler von Woldingstanton gemeinsam, wenn wir uns treffen; wir verstehen einander; wir haben etwas, daß viele der anderen, selbst solche, die aus den besten Schulen kommen, nicht haben. Es ist keine hochtrabende Redewendung, Sir, sondern eine klare Tatsache, daß für uns das Leben, welches wir in Woldingstanton geführt haben, wichtiger als unser körperliches Leben ist. Genauso wie es auch Ihnen ergeht. Es ist nicht nur die Art und Weise, wie Sie uns darüber unterrichteten, und das haben Sie großartig gemacht, sondern die Art, wie Sie es erfühlten, welche uns so packte. Sie haben uns beigebracht, daß die Geschichte der Welt unsere eigene Geschichte ist; Sie haben uns das Gefühl vermittelt, daß wir in einem nicht endenden, lebendigen Zusammenhang mit den Urmenschen und den ägyptischen Priestern, mit den Soldaten Cäsars und den Alchemisten Spaniens leben; nichts war tot, nichts war fremd; Entdeckungen und Zivilisation wurden unsere eigenen Abenteuer, die Zukunft unser Erbe. Die meisten Männer, die ich hier treffe, fühlen sich in diesem Krieg verloren; sie sind wie Kaninchen, welche eine Überschwemmung aus ihrem Bau getrieben hat, aber wir von Woldingstanton haben das in unser Leben eingebaut, und wenn der Frieden kommt und die neue Welt beginnt, dann wird es noch immer unsere Geschichte sein, das Leben wird noch immer weitergehen. Das ist das Wesentliche an Woldingstanton: daß man dort auf einen Weg gestellt wird, der den Menschen weiterführt. Die jungen Männer aus anderen Schulen, mit denen ich hier ins Gespräch komme, stehen auf gar keinem Weg. Sie sind zäh und mutig, entweder von Natur aus oder durch den Sport, sie sind Kämpfer und harte Burschen, aber was sie aufrechterhält, ist entweder nur die Gewohnheit oder das Beispiel der anderen um sie herum, oder ein Phantasiegebilde, das aber nicht bis zum Ende standhalten wird; eine vage Loyalität dem britischen Weltreich gegenüber oder das Verlangen, die Deutschen zu bestrafen und Europa den Frieden wiederzugeben oder irgendeine ähnliche kurzsichtige Idee; alles Motive, mit denen sie am Ende des Krieges Schiffbruch erleiden und nichts mehr haben werden, das sie aufrechterhält. Mit ihnen über das sprechen, was nach dem Krieg kommt, zeigt uns deutlich, in welche Sackgassen ihre Lehrer sie geführt haben. Sie können verstehen, daß man gegen etwas kämpft, aber nicht, daß man für etwas kämpft. Abgesehen von dem unrealisierbaren Wunsch, zurückzukehren und sich wie früher in ein normales Leben zurückzuziehen, liegt nicht ein Funken einer Idee in ihnen. Der ganze Wert von Woldingstanton besteht darin, daß ein Mensch durch die Sackgassen und um sie herum geführt wird und schließlich einen Weg beschreitet, auf dem er für den Rest seines Lebens verbleiben kann; es macht ihn zum Mitspieler in einer grenzenlosen Mannschaft und eins mit dem Schöpfer. Wir kommen alle zurück und werden unsere Arbeit in diesem Sinn wiederaufnehmen, eine Arbeit, die letzten Endes zur Entstehung eines weltumfassenden Staates führen wird, einer weltweiten Zivilisation und einer neuen Ordnung der Dinge, und wenn wir uns dabei nicht auf den Gedanken stützen können, daß Sie, Sir, in Woldingstanton daran arbeiten, mehr von unserer Art heranzuziehen, und darauf warten, unsere Söhne in Empfang zu nehmen, die wir Ihnen bald schicken werden –

Mr. Huss hörte auf zu lesen.

3

Gedankenversunken lag er in seinem Bett.

„Erst unlängst habe ich über Sackgassen gesprochen. Seltsam, daß er genau diese Worte gebraucht ...

Vielleicht aus einem meiner alten Vorträge ... ich habe sicher schon früher ähnliche Gedanken gehabt ...

Eigentlich könnte man die Bildung als das Herausführen des Geistes aus Sackgassen bezeichnen ...

Es ist zumindest eine zulässige Definition ...

Ich wollte, ich könnte mich genau an diese Diskussion erinnern. Ich habe viel über Unterseeboote gesprochen. Ich habe auch darüber gesprochen, daß die ganze Welt eigentlich wie die Besatzung eines Unterseeboots ist ...

Und es stimmt – weltweit. Jeder von uns steht solange in einer Sackgasse, bis wir irgendwo eine Straße durchstechen ...

Es war eine seltsame Unterredung. Ich erinnere mich, daß ich nicht ins Bett wollte – an eine Art von geistigem Fieber . . .

Und dann dieser Traum.

Ich wünschte, ich könnte mich besser an ihn erinnern. Es war, als hätte ich um eine metaphysische Ecke blicken können . . . Ich war in einem riesigen Raum – und sprach mit Gott . . .

Aber wie hätte man mit Gott sprechen können?

Nein. Ich erinnere mich nicht mehr . . .“

Seine Gedanken schweiften zum Brief des jungen Burrows zurück.

Er begann sich mit der Wiedereröffnung von Woldingstanton zu befassen. Er plante, das Schulhaus mit einem Flur zu bauen, der Ausstellungen dienen sollte, und es solcherart mit der Bildergalerie und dem Konzertsaal zu verbinden, welche glücklicherweise unbeschädigt waren. Auf der einen Seite dieses Ganges sah er Karten vor, auf denen das Wachstum und die Aufeinanderfolge der Reiche der westlichen Welt zu sehen waren, und auf der anderen Seite sollte das geographische Wissen und die Gedanken in den verschiedenen Zeitaltern der Menschheitsgeschichte gezeigt werden.

Wie es bei vielen bedeutenden Direktoren der Fall war, beschäftigten sich seine Tagträume oft mit Architekturproblemen. Jetzt beschäftigte er sich mit einem anderen Spielzeug seiner Phantasie. Dieser Traum hatte zum Inhalt, daß er eine Serie von ethnologischen Ausstellungen veranstaltete, in denen er verschiedene primitive Völker in dreifacher Anordnung zeigen würde; erst kleine Modelle dieser Menschen in ihrem Urzustand, weiters Beispiele ihrer künstlerischen und handwerklichen Tätigkeiten, um ihre speziellen Begabungen und Fähigkeiten zu zeigen, und dann noch Vorschläge, welche Rolle derartige Völker als Künstler oder Führer, Tierzüchter oder ähnliches in einer hochzivilisierten Welt spielen könnten. Eine derartige Sammlung ging weit über alle Möglichkeiten hinaus, die sich in Woldingstanton boten – aber er liebte diesen Traum.

Die Gruppen würden in gutbeleuchteten Nischen, sozusagen Seitenkapellen seines Museumsgebäudes stehen. Dazu kämen noch halbkreisförmig angeordnete Sitze und eine Tafel, denn es war einer seiner Wunschträume, eine so große Schule zu haben, daß die Klassen darin umherwandern würden wie kleine Gruppen von Touristen in einer Kathedrale ...

Dieser Traum führte ihn zur Überlegung, wie man ganze Schulkomplexe zur Ausnützung gemeinsamer Bildungsmittel bauen könnte, den Film, eine zentrale Bibliothek und ähnliches einbeziehen könnte ... Denn eine große Schule zieht eine nächste nach sich. Schulen sind lebendige Wesen, und wie alle lebendigen Wesen müssen sie wachsen und ihre Art vermehren und von Eroberung zu Eroberung fortschreiten – oder unter der Sense der Farrs und der Dads fallen, stagnieren, krank werden, zerfressen werden und schließlich zugrunde gehen. Aber Woldingstanton würde nicht zugrunde gehen. Es würde sich ausbreiten. Es würde gleichgesinnte Institutionen jenseits des Atlantiks an sich ziehen, gleichgesinnte in der ganzen Welt . . . Es würde Ideen verbreiten und aufnehmen, anregen und sich entwickeln . . .

Über den blauen Oktoberhimmel zogen weiße Wolken, und die Luft war erfüllt vom Brummen eines Flugzeugs. Der Kettenhund, der einst Mr. Huss' Nerven gepeinigt hatte, bellte, ohne beachtet zu werden.

„Eine der Kapellen für die verschiedenen Rassen hätte ich gerne Gilbert gewidmet", flüsterte Mr. Huss . . .

4

Die Tür am Fuß des Bettes ging auf, und Mrs. Huss erschien.

Sie erweckte den Eindruck, als sei sie ganz plötzlich aufgetaucht, und dennoch war sie langsam in den Raum getreten; in der Hand hielt sie ein zerknülltes Stück Papier. Ihr Gesicht hatte sich auffallend verändert; es war kalkweiß, ihre Augen waren weit aufgerissen und glänzten. Sie hielt sich ganz gerade. Man hätte meinen können, daß sie jeden Moment die Besinnung verlieren würde. Sie machte nicht einmal den Versuch, die Tür hinter sich zu schließen.

Unten hörte man Mrs. Croome mit ihren Pfannen klappern.

Als Mrs. Huss endlich sprach, geschah es in

einem fast tonlosen Flüstern. *„Job!"*

Es ging ihm durch den Kopf, daß Mrs. Croome sie wahrscheinlich gekündigt hatte und verlangte, sie mögen augenblicklich das Haus verlassen, oder sonst etwas ähnlich Brutales getan hatte, ein Verdacht, den die Gesten seiner Frau zu bestätigen schienen. Sie schwenkte das zerknüllte Stück Papier in einer seltsamen Art. In einem Anfall von Ungeduld runzelte er die Stirn.

„Ich habe es nicht aufgemacht", sagte sie endlich, „erst als ich gefrühstückt hatte. Ich habe mich nicht getraut. Ich habe gesehen, daß es von der Bank ist und gedacht, es wäre wegen des überzogenen Kontos . . . Während . . ."

Sie weinte. „Während ich mein Ei gegessen habe . . ."

„*Was* ist es denn?"

Sie schnitt eine Grimasse.

„Von *ihm.*"

Er starrte sie an.

„Ein Scheck, Job – ist gekommen –, von *ihm.* Von unserm Jungen."

Sein Mund blieb offen, er atmete tief ein. Tränen traten ihm in die Augen. Er wollte sich aufrichten, wurde dabei aber durch seinen Verband behindert und fiel zurück. Er streckte ihr seine magere Hand entgegen.

„Er ist gefangen?" keuchte er. *„Er lebt?"*

Sie nickte. Sie war nahe daran, sich heftig auf seinen armen, ausgemergelten Körper zu werfen. Mit den Armen vollführte sie krampfhafte Bewegungen, als suche sie etwas zum Umarmen.

Dann warf sie sich nieder, drückte sich in den Spalt zwischen Bett und Kamin und zog die Bettdecke mit ihren suchenden Händen krampfhaft an sich. „Mein kleiner Junge!" weinte sie. „Mein *kleiner* Junge!"

„Und ich war so böse wegen der Trauer . . . ich war so *böse* . . ."

Mr. Huss blieb ganz steif liegen, wie es der Arzt angeordnet hatte; aber seine Hand, die er ausstreckte, erreichte gerade ihr Haar und streichelte es.

H. G. Wells

ein Ullstein Buch

Die Riesen kommen!
Ullstein Buch 20251

Das Kristall-Ei
Ullstein Buch 20252

Die ersten Menschen auf dem Mond
Ullstein Buch 20253

Menschen, Göttern gleich
Ullstein Buch 20254

Die Zeitmaschine
Ullstein Buch 20255

Der Apfel vom Baum der Erkenntnis
Ullstein Buch 20256

Der Luftkrieg
Ullstein Buch 20257

Von kommenden Tagen
Ullstein Buch 20258

Tongo-Bungay
Ullstein Buch 20259

Im Jahre des Kometen
Ullstein Buch 20260

H. G. Wells

Mr. Blettsworthy auf der Insel Rampole
Ullstein Buch 20261

Der Unsichtbare
Ullstein Buch 20262

Der Traum
Ullstein Buch 20263

Der Besuch
Ullstein Buch 20264

Die Perle der Liebe
Ullstein Buch 20265

Die Reihe wird fortgesetzt

ein Ullstein Buch